瀬戸焼磁祖

加藤民吉 天草を往く

天草回廊記シリーズ

示車右甫
Jisya Yuho

花乱社

天中・民吉邂逅之図（文画・万五郎。熊本県天草市・東向寺本堂前に立つ記念碑の原画）

伝加藤民吉（初代）作，伊豆原麻谷画「染付山水図大花瓶」（重要有形民俗文化財，瀬戸蔵ミュージアム蔵）

伝加藤民吉（初代）作「懐き柏向付（五客）」（個人蔵，瀬戸市美術館写真提供）

■地図　加藤民吉の九州での足跡（1804〜07年）

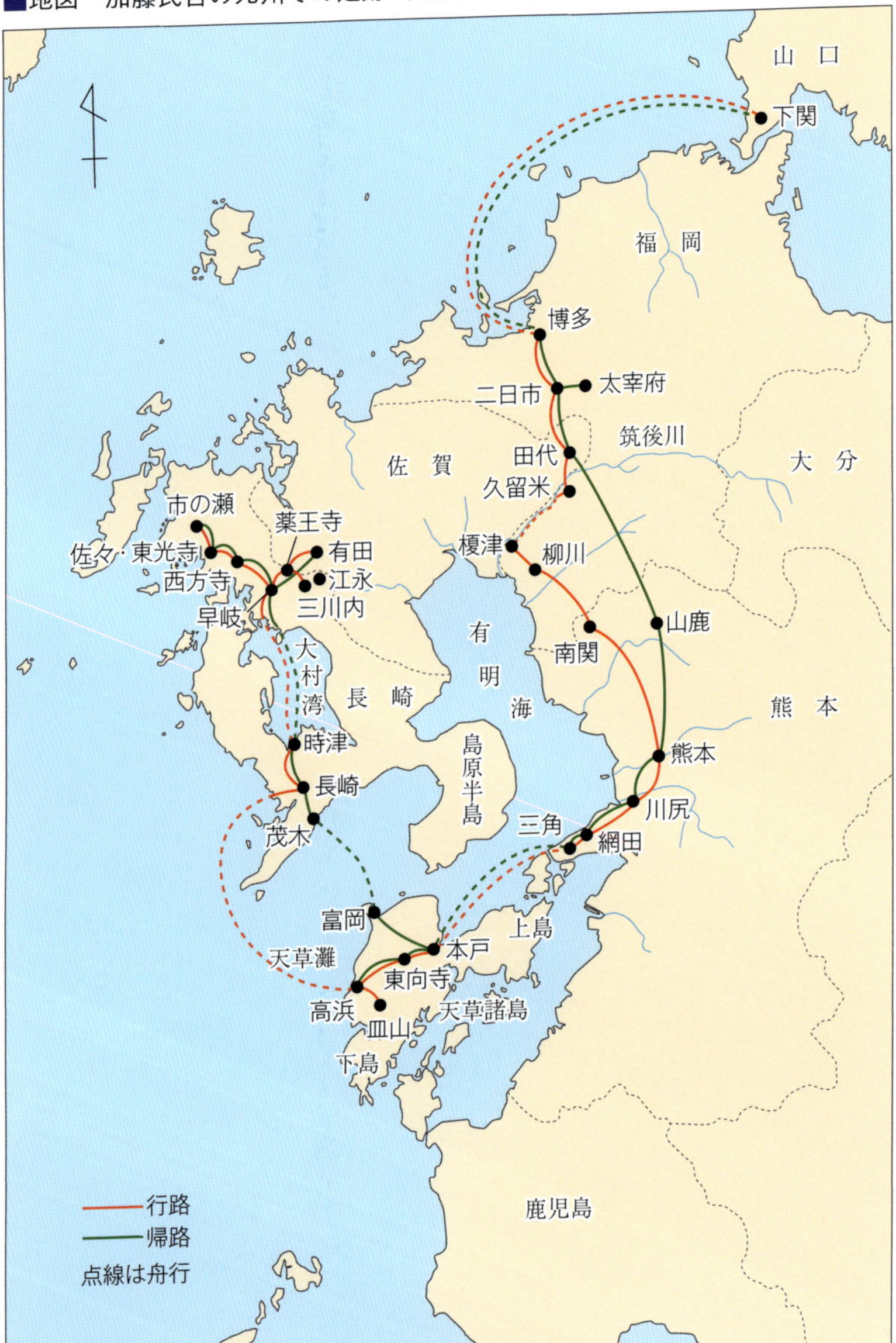

目次

瀬戸焼磁祖　加藤民吉、天草を往く

瀬戸焼

江戸時代、尾張《おわり》藩の増収策は、丘陵地の開発と海岸干拓であった。

初代藩主徳川義直は、正保四年（一六四七）御付家老成瀬《なるせ》隼人守正虎へ命じ、熱田《あつた》新田開発を開始した。名古屋の堀川から庄内川に至る面積約三三四町の広大なるものである。慶安二年（一六四九）に完成した。この地はのちに耕地面積が三九四町に上った。

ついで、延宝三年（一六七五）御船奉行横井作左衛門によって、熱田新田の東に船方新田が開発された。面積は約十町である。

寛政十二年（一八〇〇）、熱田奉行兼船方奉行津金文左衛門胤臣《つがねぶんざえもんたねおみ》は進言して熱田前新田開発を許され、七月八日、着工した。面積は三四九町で、熱田新田に匹敵する広大なものであった。完工の見込みは三年後の享和三年で、分譲の開始は文化三年（一八〇六）の予定であった。

この建設工事の特殊性は、建設資金が藩の直接の出資ではなく、津金奉行の責任のもとに行われたことである。

藩の了解のもとに一枚十両の切手（新田一反十両の予定）を発行して、施主から予約を募った。

在郷の者たちがこれに応じた。完工後、なお三年後に分譲の予定である。この分譲を猶予するには理由があった。整地が完工しても、すぐには耕地にならない。とくに沿岸の開発は、そこへ埋め立てた土砂が吸い込んだ海水の塩分が消滅する時間を要した。それが三年後の意味である。

工事中の経費は、その出来高に応じ、奉行が美濃紙三両分ほどの多量の紙にいちいち印を捺した中間払いの支払伝票を工事請負人に渡して、資金化させた。

もっとも、すべてが奉行個人でなされたわけではない。尾張藩は勘定奉行所吟味役山田儀左衛門に新田開発の収支を担当させている。吟味役は工事請負人が提出した津金奉行発行の支払伝票にもとづき資金を交付した。

資金調達を采配した津金奉行の責任は重かった。一般の債務者とかわらない。津金奉行の御足高は僅かに三百石にすぎない。胤臣にはよほど自信があったのであろう。また、世間にも信頼があったはずである。

翌年、享和元年（一八〇一）正月、熱田前新田は竣工した。津金奉行は、新田開発にて格別に国益に貢献したとして、褒美に馬一頭を拝領した。

新田には入植者が募集された。当初は土方作業にかかわった者が永住目的に小作人として入植する予定であった。しかし埋立地には、塩がふきあげ、すぐに田畑として利用できない。

ところが、同年十二月、津金奉行は急死した。工事の最終的な資金決済はなされないままである。ここで、問題が発生した。先に発行された一枚十両の切手の存在である。塩留めや地なおしに新たに工事が始められた。しかし、施主に不安が生じた。津金奉行の急死は病ではなく、開発事業の失敗にて自責の念にかられた自死であるとの風聞が起こった。

勢い一枚十両の切手の価値は落ちた。同切手は、分譲を予約した、停止条件つきの代物弁済という約束手形のようなものである。土地が欲しい施主は、相応の土地の名義替えを藩に求めた。しかし藩は、完全でない土地を交付するわけにいかない。

ついに内輪にて三両にて手離す者、分譲の直前には六両で売り飛ばす者が出た。これに目を付けたのが、名古屋の豪商らである。下落した切手を買い占めたのである。

津金奉行は死後、失策として咎められることはなかった。

新田開発の主なものをあげたが、小さいのを含めれば十数カ所にもなる。寛文十一年（一六七一）、幕府公認の尾張藩の石高は約六十二万石弱であるが、実高は九十万石と称された。三十万石近くが、開発による増収である。

これより先、津金奉行は、開拓中の熱田前新田の現地視察に赴いた。そこここに、土方らが開墾にいそしんでいる。奉行は声をかけながら見回った。

ふと、奉行の足が止まった。随行した庄屋が尋ねた。

「いかがなされましたか」

「あれを見よ」

奉行の目線のさきには、二人の土方が、鍬を使って土を均《なら》しているところである。土塊はかたく容易にほぐれない。要領を得ず、一区画の田畑を完成するのにも、ほかの者たちより数倍の時間を要する有様である。

「あの者らは、どこの村の者なるや」

「はは、あの者は、春日井《かすがい》郡の瀬戸村より参った者です。本業は窯屋《かまや》であります。親子のようです」

「なるほど、窯屋であれば無調法はもっともである。拙者に考えがある。用済み後、夕刻拙者の屋敷に、その方同道にて来るよう、申し付けられたい」

津金奉行は、屋敷で両人と面会した。両人は恐れ入った風情で、平伏して名乗った。

「瀬戸村の吉左衛門でございます。これなるは、倅《せがれ》の二男民吉であります」

奉行は、おだやかに話した。

「頭をあげて、気軽に聞いてくれ。その方たち、格別のお国の大事な産業たる瀬戸物焼職人なるに、何故に不慣れな土方仕事をいたしておるのか」

「恐れながら、申しあげます」

吉左衛門が答えた。

「窯職のことは、実子、養子の別なく、当主一人に限り、相続することがお定めであります。それ故、手前どもでは子どもが多いので、惣領の吉右衛門だけに窯職を継がせ、手前らは、ほかの伜とともに、この御新田の土方として、引っ越して参りました。いずれ百姓をいたす所存であります」

津金奉行は、横に控えた庄屋に尋ねた。

「お定めであれば、致し方なきことなれども、不慣れなことであれば、永続は難渋であろう、いかがじゃ」

庄屋は答えた。

「瀬戸物焼の窯元は、需要に対して、その数が多すぎます。よって、お上は、元文二年（一七三七）、轆轤《ろくろ》一挺《いっちょう》なる制度を設けられました。一窯には、一挺の轆轤しか使用してはならないというものです。さらに、天明四年（一七八四）には、これ以上窯職人を増やさないために、その相続を制限して、長男に限られました。つまり、窯屋の生まれでも、長男が継げば、父を含めて以下の者はすべてそこの窯職人にはなれません」

「なるほど、きびしい掟ではある」

「しかも昨今、瀬戸焼は、九州肥前の磁器ものの進出に市場を奪われ、これ以上に窯元を増やせる状況にはありません」

「瀬戸物にはまだ磁器はできぬか」

吉左衛門が答えた。

「残念ながら、そこまでに至ってはおりません」

「磁器は難しいか」

「はい、未熟者にて、考えも及びません」

「作り方がわからないのか」

「面目もございません」

「相わかった。拙者に存じ寄りがある。かねてより、京都の書店より内密に手に入れた南京焼の秘本がある。その方らにその気があるなら伝授したいが、いかがじゃ」

「漢文は難しく、容易に読めません。お教えくだされば、一生ご恩に報じます」

吉左衛門親子は、畳に頭をすりつけて、懇願した。


尾張国瀬戸村は、古代以降山田郡に属していた。名古屋の北東、尾張の東北端に位置する。東南北の三方を山地に囲まれ、中央を瀬戸川が東から西へ流れている。

東南の尾、三国境に猿投山《さなげやま》と、東北の尾、美濃の国境に三国山の六、七〇〇メートル級の山がそびえ、西南部は低山の列なりである。

十二世紀末、猿投山麓に灰釉《かいゆう》陶器に代わって施釉《せゆう》陶器を焼く瀬戸古窯群が出現した。近くに多量の陶土が産出したからである。

のちに瀬戸焼の陶祖と崇《あが》められる加藤四郎左衛門景正《かげまさ》が、貞応二年（一二二三）僧道元に随い渡宋して、浙江省の瓶窯鎮《へいようちん》で製陶の法を会得し、五年後、帰国して諸処を巡り、ようやく瀬戸の祖《そ》母懐《ぼかい》の地に、良質の陶土を発見して定住した。仁治三年（一二四二）のことである。

景正の出自については、三説がある。

治承四年（一一八〇）、源頼朝の平氏打倒のための蜂起に加担した加藤景廉《かげかど》の長男に景朝（遠山氏祖）があり、その末子が景正（別名加藤左右衛門尉基連《もとつれ》）であろう。加藤唐四郎（藤四郎）とされる。

景廉は頼朝の側近として仕え、三代将軍実朝が暗殺された時は、出家して覚仏と称し、承久三年（一二二一）八月、歿した。所領は遠江国《とおとうみのくに》浅羽庄と美濃国恵那《えな》郡遠山庄であった。いずれも地頭である。

景正は僧道元の従者になったようである。

道元が僧明全《みょうぜん》とともに渡宋した時、建仁寺の僧廓然《かくねん》・亮照《りょうしょう》二人のほか、木下道正《どうしょう》と加藤景正が従者として随った。さらに言えば、景正の兄景朝の所領地、美濃の恵那郡は、同国の瑞浪《みずなみ》・土《と》岐《き》・可児《かに》の窯焼場に近く、兄のもとにあった景正は、幼年より焼物に親しみ、陶磁の先進国中国へのやみ難い崇敬の念があり、思いつのって道元へ随行を申し出たのかも知れない。

のち、永平寺の開山堂の道元の埋骨塔に納められた瓶の蓋の裏側に、「加藤四郎左右衛門尉景政謹作之」の銘が付されている。これは道元の生前、景正が献呈したものであろう。

ほかの二説は、一つは祖父が大和の国諸輪《もろわ》庄道陰村の人、橘知貞とするものであるが、橘氏は皇族の一族で、いつ頃、何の理由で加藤氏を名乗ったのかはわからない。あとの一つは、美濃の山中に現れた加藤一族を名乗る野武士の集団の棟梁とするものであるが、割愛する。

景正は晩年、瀬戸の窯を嫡子藤五郎基通《もとみち》に譲って隠居し、春慶と号した。美濃の朝日に移住し、窯を新設、余生を楽しんだ。建長元年（一二四九）三月十九日死去した。八十二歳であった。

十四世紀、窯場の主力は、瀬戸村の東、赤津村に移り、十五世紀には、赤津窯の中心は動かないものの、その範囲は猿投山麓の奥、品野地区にも及んだ。瀬戸焼の中心が瀬戸村の中央に移るのは、十六世紀になってのことであろう。

永禄六年（一五六三）十二月、織田信長は、瀬戸に楽市楽座の制度を布《し》いた。瀬戸物の商人の国中の往来と、当郷出合の穀物・海産物の市場出入りを自由化し、開市当日、商人の馬車が市場を避け横道にそれて通ることを禁じた。市場解放の振興策である。

ついで、天正二年（一五七四）正月十一日、瀬戸焼の保護策を講じた。読み下す。

瀬戸焼物の釜の事、先規の如く、彼の在所に於いて之を焼くべきの為、他所では一切釜を相立つべからざる者也

この朱印状の宛て先は、赤津村の陶工頭賀藤市左衛門である。現状の窯元を保護し、余所《よそ》の場所での新起開窯を制限するものである。

江戸時代に入り、尾張藩主徳川義直も瀬戸焼の保護策をとり、織田信長の時に瀬戸から美濃に

移住させていた陶工らを、慶長十五年（一六一〇）に呼び戻し、屋敷などを与え、窯場や細工場はもとより、住居も除地《よけち》（免税地）とした。陶器の国産の奨励である。美濃の水上村から、新右衛門・三右衛門の兄弟が下品野村へ、土岐の郷ノ木村から利右衛門・仁兵衛の兄弟などが赤津村へ帰った。

寛文七年（一六六七）、上水野村に林方役所が設けられ、春日井・愛知両郡の山林取り締まりを担当した。陶土採掘と築窯をも管掌した。瀬戸村は春日井郡である。

ついで、天明元年（一七八一）中水野村に水野代官所が置かれた。瀬戸地方の窯屋はその支配下に入った。

十五世紀の終わり頃、瀬戸地方には旧来の窖窯《あながま》に代わり、大窯《おおがま》が導入された。地上式であるので、窯の天井が高く、焼成室が広くとれた。製品の増加となった。ついで、連房《れんぼう》式登り窯が登場する。十七世紀初頭とされる。九州の肥前からもたらされた。それ以前は、中国や朝鮮から肥前にもたらされたものである。

江戸時代初期、瀬戸では、庶民用の食膳の用具、各種碗・皿・鉢・盤類、調理用具としては、擂鉢《すりばち》、捏鉢《こねばち》、練鉢《ねりばち》、鍋類、貯蔵用具の壺・甕類、その他、香炉・灯明具、火鉢、植木鉢などが焼かれた。

江戸中期頃から、多用な釉薬や文様が施された茶碗・湯呑・小皿・盤類、それに植木鉢、火鉢、水甕、手水鉢《ちょうずばち》などが焼かれた。

赤津村や下品野村では、鉄釉《てつゆう》系の擂鉢、半胴甕、卸皿・土瓶・内耳鍋などの調理・貯蔵用具が焼かれた。

主な販路は関東から東北地方である。

元文二年（一七三七）、轆轤一挺の制度が布かれた。読み下す。

瀬戸窯の仲間中、寄り合い相談して、吟味仕《つかまつ》り、筋なきものは轆轤一挺にて、一代切りの筈にて吟味仕り、窯焼かせ申す筈に相定め申す、件の如し。

天明四年（一七八四）、さらに窯職人の増加抑制策が、赤津村、下品野村、下半田川村にて庄屋、組頭、窯屋に通達された。
一　窯屋の儀、是まで窯職人致し来たり候人数並びに有り来たり窯数の外、この上相益し候の儀、一切相成らず、窯株高の商売も是亦《これまた》一切相成らず候事
一　窯屋共の内中絶罷り在り候者共に、窯焼の初めの儀相成らずの節に、願いの上、指図を請くべくの事
一　窯屋共のその家の倅、実子、養子の差別なく、壱人に限り相続し、別家の儀、一切相成ら

ず候事
右の通り申し付け候間、違乱《いらん》之有る間敷き者也

寛政六年（一七九四）、尾張藩の支配下の美濃陶業地に新規に窯が築かれた。瀬戸としては、窯の増加は、窯焚きに要する砂・土・薪が払底《ふってい》して困るので、嘆願書を水野権平代官に提出した。

恐れながら奉願上候御事
私共瀬戸物の窯焼き職分の儀、由緒御座候にて、信長公より御朱印頂戴仕り、当三ケ村並びに濃州の田尻村、多治見村にて、古来瀬戸物を焼き来たり申し候、然る処、近年濃州辺にて猥《みだ》りに新規に窯を取り建て瀬戸物を焼き出し申し候に付、砂・土・薪等に至るまで、新規の方へ引きつけに至って、払底に相成り、私共職分に差し障りに相成り、迷惑至極に存じ奉り候……付いては恐れ多き御儀に御座候得共、何卒全顕の濃州辺に於いて瀬戸物を焼きだし候儀、久尻村、多治見村の外は都《すべ》て、今般御差し留め仰せ付け為され、下し置かれ候様、この段願い上げ奉り候。

登り窯の設置数と窯屋の数は次の通りである。
下品野村、登り窯〇、窯屋数二十二（寛政三年〔一七九一〕）。赤津村、登り窯十二、窯屋数十八

（安永九年〔一七八〇〕）。瀬戸村、登り窯二十四、窯屋数一四九（安永九年）。登り窯合計三十六に対して窯屋数合計一八九で、平均五余戸、一窯を五戸がもやいで使っていたのである。このような経緯をもって、窯元の一子相続と永代轆轤一挺の制度が設けられたのである。

津金奉行の吉左衛門親子に対する南京焼の講義は、連日午後に奉行の屋敷で行われた。はじめの頃、午前中は、親子は新田開墾の作業に従事していたが、それでは身が入らぬので、奉行は作業を免除し、手当金の不足は飯米を給与して補った。

教本は、中国清代の海塩《かいえん》の人、朱琰《しゅえん》の作になる『陶説』である。乾隆《けんりゅう》三十九年（安永三年〔一七七四〕）上梓であろう。景徳鎮の陶磁器の製法を記したもので、「図説」十四面と「陶冶《とうや》二十則」から成る。

津金奉行は本題に入る前に話した。

「伝え聞くに、我が国に磁器が創製されたのは、肥前有田においてである。元和元年（一六一六）李参平なる朝鮮の陶工が、有田の泉山に良質な陶石を発見し、天狗谷にて磁器物を作ったそうである。これが有田焼繁盛のもととなった。爾来百八十五余年の間、この瀬戸の窯屋は何をしていたのか。磁器作りの努力をせず、陶器作りにのみ精を出し、旧習を墨守《ぼくしゅ》し、一時の安泰に胡坐《あぐら》をかいて、日々安穏に暮らしてきたのが、今日の疲弊を生ぜしめる最大の原因ではあるまいか。よくよく案ずるべきである、そうじゃな」

吉左衛門は、横面を張られたように、思わず頬を撫でた。

「聞くところによると、京都の木村兼葭堂《けんかどう》の弟子で、木米《もくべい》なる若者が、同堂の蔵書の『龍威秘書』なる珍本の中に『陶説』なる焼物の指導書を見出し、これを謄写して、陶工をこころざしたという。喜ばしき振る舞いではないか。これがその『陶説』の原本である」

奉行は、手にした書冊をかかげてみせた。

「木米は、幼名八十八、姓は青木で京都の人である。最近は京都の粟田口で、窯を開いておるご仁じゃ。よってこれから、この『陶説』によって、講義を始める。よく、耳をかっぽじいて聴いてくれ」

『陶説』の一則は「采石製泥《いしをとりどろをせいす》」である。要約する。


　陶石を採取し、粘土を作製する。（石は景徳鎮では採れない。）

江南の徽州《きしゅう》の祁門県《きもんけん》の坪里・黒谷の二山に産する。景徳鎮の工廠より二百清里を隔てる。窖《あなぐら》を開いて採取し、これを剖《さ》く。中に黒花模様の鹿角菜《ろっかくさい》（角又《つのまた》という海藻）のようなものがある。陶工は渓流を利用して、輪（水車）を設けて臼を作り、細かく舂《うすづ》き、淘《よな》げて清浄にする。土セン（煉化石状）のようなものができあがる。これを白不《はくとん》（白泥・素地）という。（佳品である）色は純にして、質は緻密である。脱胎《だったい》（薄手の器物）・填白（白地）・青花（染付）、円琢（丸い器物）などに用いる。

別に高嶺・玉紅・箭灘《せんたん》に数種の磁土の産地がある。皆饒州《じようしゆう》附属の境内に産する。採取の製法は白不と同じである。ただ参和（調合）して製造しなければならない。麁器《そき》（下等品）の磁器を作るに適当である。

「瀬戸には、残念ながら、磁器に適した景徳鎮のような陶石、あるいは、有田のような流紋岩がなかった。あるのは、花崗岩の風化した蛙目《がいろめ》と称する粘土があるだけである。拙者は、陶器作りの実務は知らない。それは、お主らの専門である。されば、有り体に言えば、今までの陶器作りは、粘土をひねって練りあげれば、あとは、釉薬をかけて焼くだけの簡単な工程であった。いかがじゃ」

必ずしもそうではないのだが、「お説の通りであります」と吉左衛門は答える。

「しかし、これからはそれだけではいかぬ。磁器用の陶石をさがすこと、それと陶石と土の調合を見定めること、これが肝心じゃ」

奉行は、吉左衛門には、講義の要点を書き取ることを命じた。民吉には、『陶説』に添付された「陶作図」の摸写を指示した。民吉が、漢字の習得が得手ではない、と断ったからである。

両人にとって、一日目の講義はあっという間に終わった。焼物作りにとって、如何に土が重要であるかが、おぼろげながらわかった。

二日目からの講義は、陶冶の二則、「淘錬泥土《でいどをとうれんする》」から順をおって進み、十九則の「東草装桶《とうそうおけによそおう》」

で技術面が終わる。土取りから、練泥《れんでい》、匣鉢《さやはち》、成形、染料《えのぐつくり》、轆轤使い、絵付け、施釉、窯入れなどを経、最後の二十則は「祁神酬願《かみをまつりねがいにむくいる》」という景徳鎮の陶祖神に関するものであった。要約する。

景徳鎮は袤延《ぼうえん》（横の長さ）僅か十清里、山は環り、川繞《めぐ》りて、僻処《へきしょ》に一隅すれど、陶用をもって、四方より商販人の来訪がある。民窯二・三百区がある。工匠・人夫、数十万を下らない。ここを藉《か》りて食するもの甚《はなは》だ衆《おお》し。火を候《うかが》うこと、晴雨を候うがごとく、陶器を望むこと、黍《しょ》稌《と》（餅米の豊作なこと）を望むがごとし。故に報賽《ほうさい》（神社へのお礼参り）を重んずる。神に童姓の者があった。窯屋であった。前明（清の前代）に（朝廷より）龍の甕を焼くことを命じられた。連歳、成就しなかった。中使（内密の勅使）が督責《とくせき》（督促）すること甚だ峻《きび》しかった。窯の陶工は累《まきぞえ》に苦しんだ。神童は衆のために（苦を）蠲《のぞ》かんとした。生きながら窯突（煙突）の中に躍り入って死んだ。而して龍缸《りゅうこう》（龍の甕）は直ちに完成した。事を司る者が憐れみ、而して之を奇とし、祠を廠署《しょうしょ》（工場所）に建てて祀った。風化仙と称する。屢《しばしば》霊異を著した。窯民は歳ごとに惟《これ》を祀った。謹んで之を社方（四方の神）に擬《ぎ》した（なぞらった）。

津金奉行はつけ加えた。

「いかにも、ありそうな話ではある。神童なるものの意気たるや、壮としなければならない。瀬戸人にこの志あるや、いなや」

民吉は、おそるおそる尋ねた。

「この神話は、人間一己の命で、窮状を救うことのまことに美談でございますが、いつ何時も、このようにいくわけは、まいりません」

「これを神話と申すか。お主には神童のこころがわからぬと見える」

「いえ、そうではありません。ただ、わしはこんな風に考えたのであります。神話でなければ、別の理屈がいります。人間の肉体が窯に焼かれて、変じて、釉薬にうまく溶け合って、龍の甕になったのであれば、別でございます」

「なるほど、そのようになってほしいものよ」

津金奉行は微笑んで言った。

「それが、陶工の本当の仕事というものか。しかし、現に景徳鎮には、佑陶霊祠に隣接してその背後に、風化仙なる神童の廟堂《びょうどう》があるそうじゃ」

ちなみに、「龍缸記」の著者唐英は、風化仙の神の縁起について次のように記した。読み下す。

佑陶の霊祠の堂の西側に、青龍の缸《かめ》一つがある。径は三尺、高さは二尺強で、環するに青龍（の絵）をもってし、下に潮水の紋を作る。牆《へい》と口は倶《とも》に全（無傷）であるが、惟底《ただ》が脱けている。明の万暦《ばんれき》（一五七三〜一六一九）に造られる。是より先、累《かさ》ねて造るも成（功）せず、督者

（監督）益す力《つと》む。神童公、同役の苦しみを憫《あわれ》み、独り生を舎《す》て火に殉じ、缸が（完）成した。此則《これ》ち（造）成中に落選（落ちこぼれ）したものの損器（不良品）である。久しく寺の隅に棄てられていた。予は之を見て、両（二人）の輿《こし》の夫（車夫）を遣わし、舁《かつが》せて神祠堂の側に至らせた。高台に飾り、以て薦《すす》む焉。此の器の成（就）、その沾溢《せんいつ》（ひたしあふれる様《さま》）は神の膏血《こうけつ》（人が骨を折って得た利益）である。団結は神の骨肉である。清白翠璨《せいはくすいさん》（清廉潔白の青々と光輝く）は神の精伉《せいこう》（悲憤慷慨）の猛気（猛々しさ）である。

（佑陶の神は、風化仙より一五〇年ほど前に祀られた道士趙慨のことで、陶磁器業の創始に貢献した第一人者であったろう。この佑陶の神の記録が下地としてあって、風化仙の神が『陶説』に援用されて、完成したものであろう。）

十日ほどで講義は終わった。最後に津金奉行は言った。

「これで、座卓での勉強は終わる。これからは、学んだことを実地で試してみることじゃ。とくに新焼きの許可を与える。里《さと》の瀬戸の窯に通い、出来上がるごとに報告してくれ」

津金奉行は、資材購入に、自分の懐中から適当な金子を与えた。

吉左衛門は民吉と相談した。

「何から手をつけるかじゃ」

「わしは、まず新しい土を見つけねばならぬ。親父は、釉薬と窯焼きを工夫してくれ。それには、伊万里焼の茶碗を見本に手に入れてくれ」

両人は、瀬戸へ帰り、吉左衛門の長男吉右衛門晴生の窯屋大松屋にて、早速仕事にかかった。

民吉は、周辺の皿山を見てまわった。瀬戸の品野と美濃の二十原《つずはら》にて、千倉《ちくら》石なるものが目にとまった。白石（長石）は美濃の瑞浪《みずなみ》の産が好さそうである。

民吉は、肥前有田の陶石を最上品と考えたが、有田の統制が厳しく、手に入れられない。であれば、次善の策を取らなければいけない。景徳鎮でいうところの坪里・谷口の上級の陶石でなく、下等品の高嶺とかいう産地の陶石である。以上の下等品の陶石と、従来の粘土を調合することで、磁器の素地になるに違いない。

千倉石は、瀬戸では「砂婆《さば》」と称し、風化した花崗岩がぼろぼろになって泥分に混じり込んだものである。

また、景徳鎮の高嶺産の粘土は、コーレイ（高嶺）という地名にちなんで、カオリンと称され、珍重された。粘力があり、造形性に優れていた。耐火度が高く、容易に溶融せず、焼きしまりにくい。長石を溶媒剤として配合すると、適度の耐火性が得られる。

もっとも、これらの理論は、当時の民吉は知る由もない。

民吉の陶工としての感覚が導いていくのである。

問題は陶石と粘土の調合の割合である。

第一回の窯出しは全敗に終わった。当初の形は保たれず、変形したものばかりである。悪戦苦闘の末、調合の割合を数回にもわたり変更し、また新たに釉薬を調達し、焼き方にも工夫に工夫を重ね、どうやら磁器と呼べるものが出来上がったのは、同年の八月頃であった。しかし、これも完全ではない。

数個の新焼きの盃を津金奉行に呈した。

「ううむ、よくぞでかした。たび重なる拙者の厭《いや》ごとにくじけず、ここまでやりとげた、その根性は見上げたものじゃ」

奉行は、見本の伊万里焼の茶碗と見比べながら、二人の労をねぎらった。

「手前らにとっては、過分なお言葉、痛み入ります。まだまだ未熟であります。精進が肝要であります」

吉左衛門が答えた。

「初めから充分なものが出来るわけではない。おいおい完全なものに近づけるのじゃ。ついては、拙者は、前新田の古堤を利用して新窯を作る所存である。彼の地は、他国への船積みもよく、また薪の取り寄せにもよい。早速取り掛かってもらいたい。そこの土は、知多《ちた》郡の欠《かけ》という村のものがよいと聞く。塩梅してくれ。万事は倅庄七に、申し伝えておく。拙者も歳である。完成が待ち遠しい」

時に津金文左衛門は七十五歳であった。民吉は三十歳である。

同年九月、新窯は完成した。おそらく、丸窯の連房式登り窯であったろう。その筋へ使用願いを出し、許された。小物の盃・小皿並びに箸立などが焼き始められた。そのうち、津金奉行は病に臥し、倅庄七が世話することになった。

十月になって、瀬戸村の庄屋唐左衛門が津金奉行の屋敷を訪れた。奉行は病をおして面会を許した。唐左衛門は陳情した。吉左衛門と民吉が同伴していた。

「今般、熱田前新田に新窯ご築造なされ、おめでとうございます。新製焼き（磁器焼き）と申す陶器をお焼きになり、また当村吉左衛門をはじめ、二、三男どもまで、永続のご職業を下されし思し召し、吉左衛門より承り、私においても、誠に有り難く存じあげます。

然るところ、ここに一つ、お願いがございます。ほかのことではありません。従来瀬戸においては、本業焼き（陶器焼き）のことは、かねてお聞き入れの通り、当主一人の外、窯職相成らず旨、お取り締まりにつき、家内どもの仕事はなく、それにこの節少々茶碗屋と差入組（仲介屋）、代呂物《ろもの》（雑器）、甚だしく捌《さば》ききれず、村方一同困却《こんきやく》いたしております折柄、この上御新田で新製焼きが出来上がっては、当村は申すに及ばず、赤津村・下品野村までも響き、ことのほか難渋することになります。

この頃、ご支配のお代官水野権平さまへお願い申したところ、お代官さまの申されようは、それは尤もなれど、拙者では、取り計らい致しがたきこと故、その方早速津金奉行へ参り、委細の訳を話し、窯職の立ち行かざる次第を陳情せよとのお言葉、なお拙者よりも相談に参ろうとの仰せでした。何卒新製の窯を瀬戸村へお築立《きずきた》てくだされ、その上に、窯元の二、三男にも、新窯申し付けくだされたく、そうなれば、お蔭をこうむって、自然身内ともどもまで、仕事もありつくことになります。この段偏《ひとえ》にお願い申しあげます。何分、ただ今の姿にて、本業（旧陶器業）ばかりでは、とても瀬戸村は立ち行かざる次第、それにまたまた、不捌きになっては、難渋必至に及びます。格別の御情をもって、是非とも瀬戸村へお築立てくだされたく、懇情つかまつります」

津金奉行は慎重に答えた。

「最早、その筋へも願い済みで、これまでの手順にも相違して、困ることであるが、瀬戸村の立ち行き難きこととなれば、気の毒である。折角、熱田前新田に築いたものであるが、余儀なきこと故、瀬戸村に移すことにしよう。手前より、その筋へ願い立てよう。その方にても、所定の手続きをなされよ」

唐左衛門らは、驚喜して、帰村した。

同月、尾張藩は、新窯築立ての件は、瀬戸村の二男以下の職業として、願い立てれば問題なく聞き届けられることに決した。また、津金庄七が瀬戸村へ出かけ、新製焼きの窯開業のことを伝達した。

同年十二月十九日、津金文左衛門胤臣は病死し、名古屋の大光院の墓地に葬られた。法名は、鉄肝道士である。辞世はいう。

巷では、奉行の急死は多額の負債がもたらしたものと、取り沙汰された。

住むやたれ　かすみの木の間　春ふかみ　桃さく山の　水かみのさと

享和二年（一八〇二）、熱田前新田の窯は瀬戸の地に移された。窯は丸窯であった。白石や千倉石の粉砕用の水車も稼動し、順調に推移したが、重荷は磁器開発に費用がかかりすぎることであった。

新製焼きへの転職者は、次の通りであった。窯屋取締加藤唐左衛門、津金奉行直伝の吉左衛門、民吉、本業よりの換職の者――忠治、藤七、重吉、直右衛門、宇兵衛、勘六、治兵衛、富右衛門、惣助、彦七、富蔵、弥右衛門、仁兵衛の都合十六名で、のちに粂八が加わった。

代官水野権平は、地方吟味役鈴木仙蔵、手代西村善兵衛ともどもに、瀬戸地区の実地を検査し、瀬戸に一反、赤津に八畝、品野に七畆十一歩の土地を藩より下付《かふ》せしめ、さらに土地の住民の共有林よりの林木を寄付させ、三カ村窯方の御蔵会所を設立した。ここに御蔵元と称する役職を新設し、管理させた。陶家中のうち、有為の者を選び、名古屋の陶器問屋より十六人、瀬戸・赤津・品野の三カ村から十五人の構成である。生産磁器の販売統制である。製品には、いちいち調印を付し、御勘定奉行所より布令を発して、荷物の輸出を厳重にした。

陶業家には、陶祖加藤藤四郎の系譜につながる家系の者を重用するなどの施策をほどこした。のちに瀬戸に加藤姓を名乗る者が圧倒的にみられる原因であろう。

しかし、これらの奨励策も容易に振興にいたらず、文化元年（一八〇四）庄屋兼窯屋取締役加藤唐左衛門らは、請願して、藩より一千石の米を、うち瀬戸村に七五〇石、赤津村に一五〇石、品野村に百石を配分、下付せしめた。一時的な窮乏対策である。

本業焼きから新焼きに換わるに際し、庄屋唐左衛門は、地元の古狭間《こはざま》の忠治から相談を受け、その時意外なことを聞かされた。忠治は、すでに別の経路で、磁器焼きを試みていたというのである。古狭間は民吉の自宅に近い。

忠治がいうには、伊万里焼の副島勇七という人物が、瀬戸の下品野の叔父粂八宅に匿《かくま》われ、その節、新焼きの技法を伝授し、それを忠治も粂八から秘密に習得したというのである。

唐左衛門は、改めて粂八を呼んで糺《ただ》した。どうやら虚言ではないようである。

「して、その勇七という仁《じん》は今どこに住まいするのか」

「私が、忠治に伝授したのが寛政の元年（一七八九）のことで、その七、八年前になりましょうか、鍋島藩の目付に捕えられ、国元で処刑されたということです」

肥前三川内焼窯元五代今村正芳の書き留めた記録の中に勇七の記事がある。寛政十年（一七九八）三月の記録である。意訳する。

有田皿山の細工人勇七の出奔のこと、風聞ばかりに承る、有田の皿山の者ことごとくが直に嘶するにつき、書き留める。

有田皿山の細工人の勇七という者が出奔した。行方知れずという。お尋ねのため、足軽二人に目付を添え、九州の皿山の浦の在残らず尋ねるも、行方知れずと申すにつき、武士より荷物のため二人を差しだし、目付一人を添え、方々指し回り尋ねた。一円知れない。その頃、四国の伊予に少しばかりの皿山の者がいる由につき、出かけた。長崎より参った絵薬売にて、何卒お買い下されと申しいれたところ、勇七なる者が出てきて、絵薬を見せてくれというので、目付が荷物を見せたところ、いかにも詳しい様子である。勇七に間違いないと直ちに召し捕えて帰った。段々評定の上、打ち首を申しつけた。

右勇七の仕置のことについては、（出奔後）凡そ十六、七年にもなり、右お尋ねのことは、六年余りにて召し捕えられた。


四国の伊予の窯は砥部《とべ》焼であろう。

寛政十年（一七九八）から逆算して、十六、七年前は、天明一（一七八一）、二年頃である。その六年後は、天明七年（一七八七）か、天明八年である。逮捕された同年十二月二十八日、佐賀の嘉例《かれい》川で処刑され、その首は、見せしめのため有田と大川内の境、鼓峠《つづみとうげ》に晒された（昭和四十五年、大川内村の有志金武昌夫によって「副島勇七」の供養碑が大川内に建立された）。

有田皿山代官所の「皿山代官旧記覚書」の明和五年（一七六八）の申渡帳に、下南川原《しもなんがわら》窯焼柿右衛門と上幸平山祐七（勇七の公式名）宛ての通達がある。勇七宛ての分を意訳する。

その方、先年大川内の御用細工人を勤めていた折り、不謹慎なことがあって、ところ払いになった。捻《ひね》り細工を差しとめられたが、近年行跡を慎みしこと聞こえ、今般、下南川原山釜焼き柿右衛門へ転職された。自然相応の御用物などがある時は、造立《つくり》てを仰せつかった。これにより、此節、柿右衛門へ拝借仰せ付けられた銀（一貫）の内、銀百五十文、その方へ配当するよう申しつけた。右をもって末々まで相続し、御用に立つよう心得よ。右銀の返上のことは、二十回にて納めなければならない。柿右衛門より取り立ての節は、聊《いささ》かも間違いなく納めよ。扨又《さてまた》、捻り細工物のことは、相対で商売してはいけない。その外は柿右衛門より申し聞かせる。万端背かず渡世相続が肝要である。嗜《たしな》んですることである。以上。

勇七の不謹慎は、通達の趣旨をこえるものであった。おそらく、借金も踏み倒していたことであろう。ついに御用職人の資格を剝奪され、隣村の大川内の正力坊《しょうりきぼう》窯へ幽閉同然に移住させられ、その後脱走した。

勇七は、その陶工としての腕をふるい、各地の皿山をめぐり歩いた。肥前から四国、四国から京都、そして落ち着いたのが、瀬戸の隣村下品野である。瀬戸のにぎわいに対して、品野はひなびて住みやすかったのであろう。そこには、有田の流紋岩に似た千倉石があったこと、それに彼を受け入れた粂八の人柄もよかったからであろう。

鍋島藩としても、勇七の出奔を見過ごしていたわけではない。三年ほど経過したのち、有田焼に似た製品が、近畿方面に出回っているとの情報を、大坂の茶碗問屋から得た。捻り細工の焼物であったろう。

藩は、有田皿山の代官所下目付小林伝内を捕吏に命じ、派遣した。小林は、絵薬（呉須《ごす》）の売人を装って出発した。砥部焼から、京都の諸窯をめぐって、足を運び、さる京都の窯屋で、副島なる人物が、折りにふれ新焼きの磁器を、販売のため持ち歩いていることを突きとめた。売りさばいて生活費を得ていたのであろう。どうやら、瀬戸かその近辺からやってくるようである。

小林は瀬戸に行くも容易に発見できない。そぞろに、赤津から品野に向かった。そこである住民から、粂八の細工場に他国者がいることを突きとめた。粂八は窯屋であるが、独立した窯は持っていない。赤津の窯を共用し、作業場だけを自宅においている。

小林はいきなり粂八宅に踏み込まない。二、三日、周辺を偵察、人の出入りを見張った。ある日、職人らしき人物が訪ねてきた。こざっぱりした風情である。家に明かりが灯り、しばし談笑する気配である。客は帰らなかった。

翌朝、小林は従者を伴い、粂八を訪ねた。絵薬の売人であることを告げた。

粂八は応えた。

「手前のところにも、呉須はあります。間に合っているので、どうかお持ち帰りくだされ」

小林は引きさがらない。

「どこの呉須でありましょう」

「瀬戸でとれる呉須です」

「それはそれは、重宝なことで。しかし、その呉須は陶器用のものでありましょう。手前どものものは、正真正銘の中国産、長崎仕入れの呉須です。ぜひご覧くだされ。これからは磁器作りの時代です。陶器作りにも使われます」

「見ただけではわからん」

粂八は、荷物から出された呉須の見本をいぶかしげに見ていたが、つと立って奥に引きこんだ。離れの部屋があるようである。やがて一人の男を連れてきた。

「どうじゃろう。この呉須は本物じゃろうか」

粂八は男を見かえった。男は、呉須の小袋を手にし、その紐をほどいて、なかの粉末を手のひらにのせ、しばしその感触を試し、またその匂いを嗅いだ。

「間違いない。中国のものじゃ」

小林は胸の高鳴りを抑えていった。

「あなたさまは、なんといわれますか」

「わしの名前か」一息ついて言った。「副島というもんじゃ」

「恐れながら、申しあげる。拙者、絵薬の売人は仮の姿、鍋島藩の目付、小林伝内と申す。お見受けするところ、大川内山におられた勇七どのでござらぬか」

男は、一時動揺の気配をみせたが、すぐに平静にかえり、穏やかに答えた。

「いかにも、勇七でござる」

「では、即刻、同道願いたい、帰国つかまつる」

勇七は小林に同道されるに際し、粂八に丁寧に謝辞を述べた。

「よくぞ、お匿いいただき、お礼の言葉もない。これからは磁器の時代じゃ。しかし、有田焼だけが、焼物じゃない。要は、真似事でない、瀬戸の磁器を作ってくだされ」


民吉は、このことを唐左衛門から聞かされ、いささかの不安を感じた。唐左衛門は親戚でもあり、民吉と同年で親しい。折しも、津金庄七から、肥前に出かけて磁器の先進国有田の製造方法を学んではどうか、との意見が出されていた。民吉の父吉左衛門はこれに乗り気であった。自分は老いてその任ではない、民吉こそ行くべきである。

民吉はこのことを唐左衛門に相談した。唐左衛門は父の意見に賛成して言った。

「瀬戸焼の至らざるを補完し、瀬戸焼の振興を期するには、またとないことである。是非行くことじゃ」

「しかし、勇七どののこともある。有田焼は、他国者を受け入れるのは、ご法度じゃろう。行こうにも行かれん」

「そうじゃろう。しかし、諦めては、なにもできん。覚悟じゃ、覚悟があるかどうかじゃ」

民吉は、唐左衛門の眼力におされた。

「覚悟なら、負けん」

「そうか、わかった。わしにまかせとけ」

唐左衛門は、津金庄七と会い、ついで水野代官に内々に磁器窯修業のことを相談し、藩庁からの内諾を得た。あとは、どこへ行くかである。

隣村の大森村に吉左衛門の知人がいた。たまたま、話のついでに、同村の法輪寺の僧祖英長老が最近天草から帰ってきていたことを知った。

吉左衛門は民吉を伴い、法輪寺を訪ねた。

「祖英ご長老は、天草のお寺からつい最近お帰りと承りました。手前ども、九州には一度も行ったこともなく、一向に無調法であります。職業がら、九州の肥前の、有田や伊万里焼は同業のこととて、いささか承知をしております。その辺のことを踏まえ、お話をいだければ幸いです」

「なるほど、ごもっともです」

祖英は気さくに応えた。

「肥前の焼物は有名です。しかし、九州の焼物は肥前ばかりではありません。天草にも、焼物があります」

「まことですか」

「いかにも、拙僧が挂錫《けしゃく》した天草本村の東向寺から五、六里ほど南の天草西海岸、高浜という所に上田庄屋家があり、そこの奥山に皿山がある。上田家経営で陶石を産出し、また陶業も営んでおる。拙僧が聞いたところでは、そこの陶石は天下逸品ということじゃった。つまり、幕府の老中格田沼意次《たぬまおきつぐ》どのが、平賀源内なる本草学者を長崎に遊学させ、オランダの本草学の書物を翻訳させた。その折、平賀は天草の陶石の名品なることを発見し、『陶器工夫書』なるものを書いて、時の天草代官に建言したということがあった。平賀には本草学者のほかに多種の才能があり、地質学にも詳しく、また陶業にも、一見識があったようである。今から三十年ぐらい前*のことである」（＊実際は明和八年〔一七七一〕のことである。）

民吉が尋ねた。

「その平賀という人は、どのように話したのですか」

「天草の陶石は、天下無双の上品《じょうぼん》である。これをよく工夫して、陶工を仕込み、中国から輸入した焼物を手本として作らせれば、随分と宜しき焼物が出来よう。さすれば、唐、オランダ人は喜んで買い、これが永代、我が国益になろう、と言ったそうじゃ」

「して、天草の代官はどうしたのでしょうか」

「どうもしなかった。見る眼がなかったのじゃ」

「して、代官の殿さまはどなたですか」

「殿さまはいない。代官は豊後の日田の郡代に属し、天草は天領である」

「なるほど」

「おわかりか」

「天領であれば、たとえば、肥前の殿さまのようなお仕置きはないわけでしょうか」

「ご法度はない」

「平賀どのの建言が、耳に達したかどうかは知れぬが、その七年後、長崎の奉行は、上田家に命じ、外国向けの焼物を作らせて長崎に出荷させ、出島というところで販売させたそうじゃ」

ついで、吉左衛門が尋ねた。

「ご長老は、なぜ天草のような遠いところにまで、足を運ばれたのであろう」

「それは、縁じゃ」

「と申しますと」

「拙者の寺は曹洞宗である。天草の寺、東向寺も、同宗である。しかも、東向寺の現住職は天中という和尚で、この先達が拙僧と同郷である」

「同郷とは瀬戸ですか」

「いや、隣村、菱野《ひしの》村のご出身で、若い頃、愛知郡一社《いっしゃ》村の神蔵《じんぞう》寺で得度され、修行後、同寺の住職に晋山《しんざん》され、寛政十二年、天草へ転住されていたのである」

「ようく、わかりました」

「縁は尊いものじゃ。縁あれば、遠を厭わず、じゃ」

「わしらも、そのようにありたいものであります」
「されば、天草へ参られるのか」
「はは、この倅を行かせるつもりです」
「それは重畳《ちようじよう》、是非行かれよ。なんなら、天中和尚に会われるがよい」
「準備が整い次第、行かせます。その節はお世話さまになります」

文化元年（一八〇四）となり、ようやく天草行きが決定すると、二つの情報がもたらされた。一つは、窯仲間からである。摂津《せつつ》の三田《さんだ》窯に肥前の陶工が来ているというのである。あとの一つは、法輪寺からである。同寺と同宗の川名村の香積寺《こうしやく》の僧が、修行のため長門に行くので、同行してはどうかというのである。

民吉は、法輪寺の祖英長老に、是非そうお願いしたいと、父に書状を書いてもらい、自分は先に、三田窯に向かった。

三田焼の創業は、天明八年（一七八八）である。陶器の産地である。

同地の明神《みようじん》窯は、寛政十一年（一七九九）摂津の三輪村明神山麓に、三田藩の御用商人、神田惣兵衛が資金援助して、同地の天狗窯の内田忠兵衛に築かせたものである。

内田のあと、適当な指導者がいなかった。翌寛政十二年、同窯は、京焼の宗匠奥田頴川《えいせん》に陶工の世話を依頼した。奥田は弟子の欽古堂亀祐《きんこどうかめすけ》を世話した。亀祐は多用であったと見え、断続的に三田を訪れ、磁器製造にかかわった。ここに定住するのは、なお先のことである。

民吉が庄屋唐左衛門から紹介状を得て三田焼についた時は、亀祐がいて、ほかに伊万里から来た陶工市太郎と貞次郎がいた。

亀祐は案内しながら説明した。窯は四間式の登り窯である。

「この窯は、陶磁器両用である」

「使い勝手はいかがですか」

「まだ、うまくいかない」

「瀬戸でも、似たようなものです」

「火力があがらない。いずれ、専用の登り窯を作らねばなるまい」

「土はどうですか」

「よいものが見当たらない。三年ほど前に、三田の砥石谷によい石が見つかった。試しているところじゃ」

「肥前からの細工人はいかがですか」

「彼らには技術はある。しかし、与えられた仕事しかできない。肥前では、各自分業でやっていたらしい。全般のことがわからない」

「京都の奥田さまの所におられた時、青木木米といわれるお方とご一緒と聞いていますが」

「木米を知っているのか」

「いえ、大層な勉強家とお聞きしました」

「そうじゃ、彼は、場合によっては、ここに来る予定であった。今は紀州藩の瑞芝焼《ずいし》におる。私がここに来た」

「お若い頃、中国の『陶説』とかいう難しい本を写されたとか」

「よく、知っておるな」

「はい、以前、私の先生にお聞きしたものですから」

「そうか、わしも、読んでみた」

「いかがでしたか」

「あれは、あれでよい。景徳鎮だから、よいのだ。技術は学ぶべきも、日本には日本のやり方があるはずじゃ。まず、土が違う。土が違えば、調合も違ってこねばならない。そして、その火も、土との調合にあった塩梅がいる。おわかりか」

「その調合の割合がよくわかりません。釉薬の作り方も難しいものです。知りたいものです」

「それは誰しもが望むことじゃ。かといってすぐにわかるものでもない。要は自分で試すことじゃ。いずれの土にも心がある。土が違えば、心も一つではない。自分なりに心を捉えねばならない」

亀祐は京都の人形師の家の生まれである。亀祐は、民吉の問いかけをそらすように、しきりに人形作りの型をいかに磁器作りに応用するかを語った。

民吉は、この人物には、すでに自分なりに陶家としての型がある、それに比し、自分にはまだ型のかけらもないと考えた。ちなみに、亀祐は民吉より七歳年上である。

民吉は、数日窯元に泊まり込み、陶器作りの手伝いをした。伊万里の陶工と並んで、轆轤をまわし、時に応じ、その陶法について質《ただ》してみたが、さほど彼らに自分の技術が劣るとは思えなかった。

亀祐は民吉に、轆轤外の作業を許さなかった。考えあってのことであろう。いきおい、民吉は、ひそかに、捨場に積まれた不良品の陶片の多寡を見、その破片を手にとってその出来映えや器質を吟味して、この窯の成否を判断するほかはなかった。

瀬戸に帰って、唐左衛門に見学の結果について不満をもらすと、唐左衛門は笑いながら言った。

「例の粂八どんが、副島勇七から言われたことがある。技《わざ》は盗むものだ、与えられるもんじゃなか」

二月になり、民吉は水野代官から、正式に勘定奉行から天草修業の許可が出たことを知らされた。民吉は旅費として、銀五両の用立てを願い出た。その他は、津金庄七が援助した。

香積寺を訪ね、同行する僧元門に会い、打ち合わせをすませ、その帰りに法輪寺に立ち寄り、祖英長老から東向寺天中和尚への紹介状を書いてもらった。

至る所で激励の言葉を受けた。とくに、水野代官の言葉は身にしみた。

「陶器の仕方、相違なく伝授され、帰国のあかつきには、これを焼き、お国の産となすべし」

出発は寛政四年（文化元年・一八〇四）二月二十二日であった。氏神の深川《ふかがわ》神社に道中の安全と修業の成功を祈願し、庄屋唐左衛門、父吉左衛門、兄吉右衛門、窯屋仲間、その他多くが見送った。

天草

民吉は、川名村の香積寺で、僧元門を帯同、名古屋から伊賀の四日市へ渡海、伊賀街道を西進、奈良を経由大坂から乗船、瀬戸内海を舟航、長門の下関へ下った。

道のつれづれは他愛のない話に明け暮れた。元門は民吉より十歳ほども若い。試みに、禅宗の要諦を聞いたこともあったであろう。民吉家の宗旨は、香積寺と同じく曹洞宗で、寺は瀬戸の宝泉寺である。

民吉が尋ねた。

「禅宗はむつかしい。禅問答とかいうものがあるそうだが、どんなものじゃ」

元門は答える。

「禅宗の修行に、公案というものがあります。師匠が問題を出し、弟子が答えねばなりません」

「どんなものがあるのか」

「たとえば、隻手音声《せきしゅおんじょう》というものがあります」

「セキシュ」と民吉は訝《いぶか》った。

「そうです。拍手は両手でしますが、隻手は片手です。これは、臨済宗の白隠禅師が考案された禅問答で、拙僧が僧になった初め頃、師匠から教えられたものです。師匠は、宗派の別なく、よいものはよいという主義で、臨済宗の公案も用いられました。すなわち、白隠禅師は、弟子に揚《よう》言《げん》されました。『隻手に音声あり。その声を聞け。聞けたら私のところへ来たれ。その時、汝に悟りの要諦《ようてい》を知らしめん』」

「それは面白い。聞かせてくれ」

元門の話は次の通りである。

元門は一人で師匠の方丈に参上した。独参という。師匠は結果を求めた。元門は答えた。

「隻手に音声はありません、孤掌鳴らず、無です」

「なんとして、無ならん」

「両手は拍手して音声があります。隻手に拍手はできません」

「なるほど、して、両手に音声あるは、何故であろうか」

「拍手ができるからです」

「拍手とは、何か」

「手と手とを打つことです」

「その働きは誰がする」

「私です」

「そうじゃ、元門の何が働くのじゃ」

「む――」答えられない。

「それは、お主の計らいじゃ。計らいがなければ、働きもない。働きのない手には音声もない。わかるか」

「わかります」

「では、尋ねる。両手に音声なし、これすなわち、隻手に音声なしとはする、如何」

「師匠は、両手と隻手は同じといわれるのですか」

「そうじゃ、両手に計らいなければ音声なしとは、隻手に計らいあれば音声ありじゃ。隻手は単独なりと、物を叩けば音がする。虚空を叩けば世界が見える」

「はは」

「この時、音声は聞くものではない、見るものじゃ。よくよく、参究せよ」

語り終えて、民吉は尋ねた。

「して、元門どのは悟られたのですか」

元門は述懐した。

「見方はいろいろありましょうが、拙僧は頭を殴られたように感じました。それからは、事が起こるとすぐに、隻手音声と自分に言い聞かせます。すると問題が消えていくのです。音声は手にあるのではない。計らいにあるのです。もっといえば、手には隠れた音声があるのです。両手・隻手を問いません。未発の音です。これを聞き出すのが我らの計らいです」

民吉は言った。

「御坊はよい師匠を持たれたものです。未発の音とは言い得て妙なるものです」

元門とは、再会を約し、下関で別れた。元門は、長門《ながと》国内の宝泉寺や大寧《たいねい》寺を行脚したことであろう。

民吉は、下関で、博多行きの便船に乗り換えた。博多からは、陸行して筑前の街道を南下、肥前の田代の茶屋で、柳川に帰る甚蔵という人物と親しくなった。天草に行くというと、柳川まで同行しようといわれた。幸いこれにしたがった。

長崎街道へ右折し、佐賀から肥後街道へ左折するところを、田代から筑後の久留米に下った。佐賀を経由して、熊本を目指すより、久留米から筑後川を下る方が、時間がかからないという。榎津《えのきづ》にて上陸、肥後街道を南下するとその先が、柳川であった。

甚蔵は、別れに際し、天草までの道順を丁寧に教えてくれた。柳川から熊本までは、肥後街道の一本道であった。

熊本の南の郊外に、川尻港がある。この海沿いの旅宿に草鞋《わらじ》を脱いだ。折しも夕刻で、窓から西望すれば、有明の海が横たわり、左辺に天草の山々、その右手、海峡を隔てて、島原半島の南端の岬が見える。岬に連なって、北辺に山々がその稜線を伸ばし、その山頂が雲仙岳であろう。暮れなずんで、山陵の上空は茜色に染められている。一時《ひととき》の光芒は、旅愁を誘う。

瀬戸の陶祖、加藤藤四郎が、僧道元に扈従《こじゅう》し、中国の修業を終えて帰国、初めて日本に帰着したところが、この川尻である。嘉禄三年（一二二七）のことであった。

陶祖の胸には、これからの陶業に対する燃える思いがあったはずである。これに引き換え、今民吉は不安におののいている。民吉は身振るいした。すでにして、天草は、眼前にある。奮い立たざるべけんや。

川尻港から天草の下島の本戸までは、海上十八里である。午後に上陸し、陸行一里半にて、ようよう本村の東向寺に到達した。夕刻となっていた。

東向寺は、島原・天草の乱後八年、正保三年（一六四六）、天草代官鈴木重成によって建てられた曹洞宗寺院である。開山には周防の瑠璃光寺元住職中華珪法《ちゅうかけいほう》を招聘《しょうへい》した。島原・天草の乱後の切支丹《キリシタン》対策のためであった。当時、曹洞宗と浄土宗の寺院三十カ寺近くが建てられ、うち本寺は、曹洞宗の東向寺と国照寺、浄土宗の崇円寺と円性寺の四カ寺で、東向寺はこの第一寺であった。寺領は最高の五十石である。

民吉は、東向寺の玄関に出迎えた寺男に挨拶した。

「尾張の瀬戸から参りました民吉と申す者です。ご住職にお取り次ぎ願います」

「尾張ですか」

寺男は意外という顔をした。

「ご住職は、尾張の一社村の神蔵寺におられたと聞いております」

「なるほど、いかにも御前《ごぜん》は神蔵寺におられました。しばらくお待ちあれ」

御前とは、天草では、住職に対する尊称である。天領の天草では、なお階級意識が強い。殿さま並の権威の象徴であった。

入れ替わり、天中和尚が出てきて、方丈へ招じ入れた。

「尾張から、来られた由、ご苦労であった」

「はい、ここに、名古屋の法輪寺の祖英ご長老の紹介状をお持ちしました」

天中は、表紙を見て言った。

「委細は承知致した。まずは、風呂など浴びて、休息されよ」

第一の関門は通過した。まず会ってもらうことが先決であった。神蔵寺の名を出したことは、祖英長老の入れ知恵であった。

ちなみに、天中は、瀬戸村の隣村愛知郡菱野村の大沢氏の出である。号は藍田、宝暦九年（一七五九）、十四歳で、神蔵寺開山大店鰲雪《ごうせつ》に得度を受けた。のちに、大店が、信州の全休寺、丹波の永沢寺《ようたく》に転住するにつれ、侍者として随従した。安永八年（一七七九）、神蔵寺四世曇祥より嗣法し、五世慈明のあとを受けて、寛政元年（一七八九）、神蔵寺六世となった。東向寺二十八世を継いだのは、寛政十二年（一八〇〇）である。延享三年（一七四六）の生まれであるから、民吉と会った時は、五十九歳である。若年にして、「神志沈審物表に卓立した（神妙な志、深く明白にして、俗世の外に卓越せり）」と称されたから、俊英であった。書をよくした。のちに、長崎の曹洞宗の触寺《ふれでら》（寺社奉行から出る命令・交渉事を司る役寺）、晧台寺《こうたい》十九世を継いだ。

夕食後、民吉は方丈にて、天中と談笑した。民吉は、自分の使命を縷々《るる》説明した。聞き終わって、天中が破顔して言った。

「拙僧は、子どもの頃、ノロじゃった」

「ノロ、あの、窯屋の小僧のことですか」

「いかにも」

ノロは瀬戸地方の方言である。焼物屋の丁稚《でっち》のことである。

「拙僧は、十歳頃から、ノロになった。家が貧しかったからじゃ」

「いずこの窯屋ですか」

「瀬戸の加藤武右衛門窯であった。十四歳の時であった。拙僧は、親方に命じられて、名古屋まで出来たての擂鉢《すりばち》を持っていくことになった。車はない。背負って行った。一社村のある寺の前で、擂鉢がずれ落ちて、壊れてしまった。拙僧は途方に暮れた。泣いていたのである。たまたま、そこの寺の住職が寺門の所にいて、拙僧をみて、どうしたのか、と聞かれた。拙僧は、泣きじゃくるばかりである。住職は、拙僧を庫裏《くり》に招じ入れ『怪我はないか』と言われ、『壊れたものは、いたしかたない、心配するな』と言われた。

『責任があります』

『して、責任をどうして果たす』

『死にます』

『死んでどうなる』

『わかりません』

『まず、詫びねばならん。あとは、わしにまかせろ』

住職は、拙僧をつれて、瀬戸の親方のところに行かれ、擂鉢の弁償をされ、拙僧の身元を引き受けられた。拙僧は寺の小僧となった。その住職が、神蔵寺の大店大和尚である」

民吉は、和尚に親しみを感じた。

「世の中は、わからんものじゃ。擂鉢を壊さなかったならば、拙僧は、仏僧になることもなかった。しかるに、お主は、すでに行き先が定まっておる。油断すべきではない。お互い、故郷をともにし、同じ瀬戸焼の飯を食った者同士じゃ。天草では、拙僧がお主の身元を引き受けよう。高浜村の庄屋上田源作どのは、窯元を経営しておって、昵懇《じっこん》の間柄である。まず紹介状を送り、先方の了承を得ることにしよう」

三月二十七日、天中は、上田源作へ、依頼状を認《したた》めた。要約する。

……然れば、今般拙僧の本国尾張より九州見物に一人が参った。尤も拙僧同郷の者でござる。

暫くこの地に逗留したいと申すので、拙僧のもとに置いている。彼の者へ、段々と当地の焼物の事情を話したところ、逗留中に貴方の焼物を勉強し、そのやり方を少々なりとも覚えて、国元へ帰りたいと願うので、本日、使僧を添え同道にて、差し遣わすことになった。暫く、貴家の下男に召し置かれるようお願いする。

尤も拙僧の親類の者共より添書いたして差し越したので、決して胡乱《うろん》がましき筋の者ではない。随分慥《たし》かなる仁である。

尚又、病気等の節はこの方へ引きとり、貴家に世話をかけることはない。何分宜しくお頼み申し入れる。……

至って懇切な書状であった。

三月二十九日、民吉は、東向寺方丈付きの長老と同道して、高浜の上田家へ参上した。民吉は挨拶した。

「私は、尾張の瀬戸村の陶人、民吉と申します。この地の焼物の作り方につき、教授願いたく参上しました。よろしくお引き立てにあずかりますようお頼み申しあげます」

身許を隠す必要はない。瀬戸の者といえば、その素性については、同業の窯元たる上田氏は十分に承知のはずであった。事実、源作は、民吉のことを「焼物師」と同日の日記に認めている。

この六年後、源作は、「陶山永続方定書」をあらわし、次のように記した。

他国者は申すに及ばず、他村の□方□無断滞留致させ間敷《まじく》、若《も》し通りかかりの者行暮れ拠《よりどこ》ろなく、一宿致させ候節は山支配所へ申し談じ、止宿致させ候はば、其翌日山支配方より届出す可き事

他国者の侵入を警戒しているが、民吉に限っていえば、東向寺天中の保証は疑念を払拭するものであった。陶法の秘密保持については、抜かりはなかった。

源作は答えた。

「ようこそ、参られました。当方いたって辺鄙なところにて、お厭《いと》いなければ、手前どもの窯屋へご案内致します。本日は、雨もよいにて、しかも時間もない、今夜は、拙宅へお泊りいただき、明日、皿山へお連れ申しあげます」

三月三十日は晴れであった。源作は、皿山の窯焼幸右衛門宛て、民吉の処遇を記した書状を案内人にもたせ、長老と民吉を見送った。皿山まで約二里の道のりである。皿山に近づくにつれ、平地は狭くなり、両側の山が迫ってくる。一筋の高浜川が遡行し、やがて二股に分れる。そこの左岸に小屋がある。窯屋の本拠である。幸右衛門がいた。

幸右衛門は、源作の書状を見て、丁寧に民吉に言った。

「上田主人が申しましたように、この方で陶業の細工のやり方など、修業くだされ」

民吉は、幸右衛門の許可を得て、皿山の周辺を概観した。窯屋の上は、左の支流に沿い、大きな窯があった。連房式の登り窯である。七層である。右の支流の奥が採石場のようで、山腹に埃《ほこり》がたち、石塊の砕ける音が聞こえる。聞きしに勝る規模の景観であった。

民吉は一旦、東向寺へ戻り、ことの首尾を天中に報告、正式に皿山に入ったのは、四月三日であった。

四月五日、民吉は、庄屋宅を訪れ、改めて源作に入山の挨拶をした。

四月八日、幸右衛門は大工喜助に命じて、民吉専用の轆轤を造らせた。

ちなみに、上田家による砥石の販売は、元禄二年（一六八九）に始まった模様である。

これに陶石が加わるのは、源作の祖父勘右衛門利平治《りへいじ》の代、宝暦四年（一七五四）である。

高浜焼は、宝暦十二年（一七六二）、源作の父、五右衛門武弼《たけすけ》が、農閑期の仕事として、肥前の長与《ながよ》焼の陶工、山路幸右衛門をまねいて開窯したものである。長与は、長崎の北部、大村湾に面した大村領で、天草陶石の販売先であった。

明和八年（一七七一）、徳川幕府田沼意次の計らいにより長崎遊学をした本草学者平賀源内は、『陶器工夫書』を著し、時の日田郡代揖斐《いび》十太夫様御代官所へ建言し、天草郡深江産の陶石を絶賛した。意訳する。

右の土（陶石）は天下無双の上品である。伊万里焼・平戸焼等、皆々この土を取り寄せて焼いている。その内、伊万里・唐津は、（勿論）日本国中普《あまね》く行きわたり、唐人・阿蘭陀《おらんだ》人も調《ととの》えている由である。平戸焼は御献上になっているので、御領主より厳しく仰せ付けられ、自由に売買なり申さず由である。もし、売買できれば、唐人・阿蘭陀人も、大いに望み申すべきはずである。

天草にても、近年高浜村庄屋伝五右衛門と申す者、焼き覚えるも、細工人が宜しくないので、器物が下品《げぼん》である。私が案ずるに、天草か、長崎にて、巧みなる職人を呼び集め、器物の恰好や絵の模様などを差図し、唐・阿蘭陀の者の好みに合わせて工夫し、段々と職人共を教育すれば、元来、この土は無類の上品《じようぼん》にてあれば、随分と焼物が出来るものと存じあげる。……

畢竟《ひつきよう》、天草の焼物の土は、南京焼・阿蘭陀焼の土よりも、抜群に宜しくとも、形が不風流である故、日本人が外国物を重宝して高値を出している。もし、日本が萬国に勝れ宜しくあれば、日本の物にて事済むわけである。陶器も日本製が宜しくさえあれば、自然と我が国の物を重宝し、外国陶器に金銀を費やさず、却って、唐・阿蘭陀人共も、調えて帰るようになれば、永代の御国益になろう。元来からの土にてある故、いか程使っても、跡が減る気遣いはない。

このようなことは、甚だ廻り遠いこと故、表立っては押し出し申しあげにくいが、成就すれば、御国益にてある。もし、成就せずとも、私一人の費《つい》え骨折りであるので、少し猶予あれば、内々に天草へ参り、様子次第にては心覚えの職人共を呼び寄せ、少々宛て作りたい所存である。

明和八年卯五月

以上

平賀源内　印

日田郡代揖斐十太夫にはこれを取り上げる明敏さがなかった。よって、源内は天草へ行かなかった。ちなみに、この深江産の陶石は、高浜の北に位置する深江村の産のことで、天草陶石と同石質である。

明和九年（一七七二）には、大坂の砥石問屋和泉屋治兵衛へ砥石を販売した実績がある。

安永六年（一七七七）、高浜焼は長崎奉行柘植《つげ》長門守の世話で外国貿易用の焼物の製造を命じられ、同七年、長崎の出島のオランダ商館へ売り渡した。何分、原価負担が重く、また、出品のうち、青絵染付のほかの赤絵錦手《にしきで》の焼物は、有田焼のように出来ず、ついに安永十年、撤退のやむなきに至った。創業なお日浅く、長与焼の技術を伝授されるも、有田焼の技術に追いつかなかったものである。

寛政八年（一七九六）の上田家の陶石の販売先は次の通りである。

肥前平戸領内
三川内《みかわち》、木原、佐々《さざ》、志佐、江永の五皿山。

肥前大村領内

長与、中尾、三股、長尾、稗木場《ひえこば》の五皿山。

これ以外は、柳川領黒崎皿山、薩摩領川内《せんだい》皿山、肥後領網田《おおだ》皿山、筑前領須恵《すえ》皿山、伊予国皿山、安芸国皿山などである。

上田家は、源作の五代前、定正の時、万治元年（一六五八）、鈴木代官によって高浜村の庄屋となり、以後代々これを務めた。上田源作（源太夫宜珍《よしうず》）は上田家七代である。

上田家の遠祖は、信州の滋野氏である。定正の父正信が、支族真田幸村とともに、豊臣秀頼に仕え、大坂落城によって、放浪の末、元和三年（一六一七）天草へ落ち延び、幕府に憚って姓を上田にかえた。信州の上田の地名にちなんだのであろう。子の定正、家臣清水八四左衛門、田中雅楽、志白を伴ってきた。志白はのちに大江村の曹洞宗江月院を開基した。

木炭を焼き、生計の資とした。時に、正信は四十三歳、定正は十七歳であった。

天草・島原の乱の時は、加担せず逼塞《ひっそく》した。

轆轤使いは、勝手が違った。瀬戸では、手回しの右回転であった。天草は、足で蹴《け》る轆轤で左回転である。要領を得るまでに数日を要した。蹴り轆轤のよいところは、両手の作業が自由であることである。

皿山は、瀬戸に比し、規模が格段に大きいことであった。山支配方輔作（上田源作の弟、上田五太夫輔作）のもとに三人の窯焼きがいた。嘉左衛門、円右衛門、幸右衛門である。細工人が七人、画工人が七人、荒仕子《あらしこ》（雑役夫）が十数人、このほか、土漉《つちすき》が三人で、しかもこれは女性であった。総勢三十数人で、家族を含め、二百余人が、皿山の入り口、鷹の巣というところに、集団で住んでいた。

上田源作の皿山の経営方針は、のちに文書化される『陶山遺訓』の冒頭に記されている。

世の人の世渡り何れとても、異なることはない。陶山の職人は常に心の用いようにより、陰徳ともなり陰悪ともなることが多い。ことにその長である窯焼は諸事に心を配り、夫々《それぞれ》職分の次第を乱さざるようにして、陶業を怠らざらしめず、偏に冥加を祈るべし。

窯神の社地並びに観音堂の掃除を怠りなくし、年始、五節句、毎月の朔日《ついたち》と十五日は、身を清め参詣すること、と定められている。

四月十五日、民吉は、同僚の三代平に誘われて、観音堂の清掃に行った。渓谷の左に、連房式の登り大窯がある。その上が観音堂である。崖伝いにのぼる。

三代平が言った。

「このうえの上流のもとが、鬢《びん》の水というところじゃ。よか石が採れとる」

仰ぎ見るも、松林にへだてられて見えない。観音堂の対岸に小さな祠があった。小石伝いに渡る。祠は粗末な小屋掛けで、観音らしき石の立像があって、その下檀に「三界万霊」と刻字されている。供養塔である。右側面には「明和四年（一七六七）記」と建立の年次があり、左側面には、奉献した陶工十人の名前が連記されている。筆頭者が山道喜右衛門である。

三代平が、指さして言った。

「こん人が、こん山のご開山（創業者）たい」

民吉は、名前の字面を一人ひとり撫ぜ、それからおもむろに供養塔に向かい、仰ぎ見て、跪《ひざまず》き拝礼した。

皿山の朝は早い。六つ時（午前六時）には、諸式にかからなければならない。三度の食事は手っとり早くすませる。終業は暮六つ（午後六時）である。夜職の場合は、暮四つ（午後十時）である。いずれも、鉦《かね》にて合図された。

職務は分担され、それに応じて職責がある。たとえば次の通りである。

絵書人は、絵薬を大切に取扱い、絵の様は売り物向きによく考え、手頭（手本）通りに描き、ダミ（濃み）は少しも手抜きせず、絵薬を重ねて移り、或は手垢、油じみなどの穢れあれば、上《うわ》薬《ぐすり》を弾くので、心しなければならない。絵は器《うつわ》の衣服である。画工の麁略《そりやく》（上手下手）にて、器の顔のよいのも、見にくくなすは、誠に画工の罪である。たとえば、器は麁（粗い）であっても、衣服となる絵をもって、見にくいのを補うは画工のいさおしであるから、この心を朝宵忘れず、互いに教え、導き、随い、習い、和合してつとめること。

民吉の宿所は、独身用の長屋の一部屋である。その一端に飯場がある。驚いたことに、三食のうち、一度は唐芋が出る。天草は、土地が痩せ、米作が不振で、やむを得ない処置であった。はじめての経験であったが、蒸された芋はほの甘い味で、心地よく民吉の胃袋におさまった。

轆轤使いに慣れると、民吉は一個の茶椀を与えられ、見本通りの製造を命じられた。幸右衛門は条件をつけた。

「自分なりにつくってみよ、十個ほどを。まだ染付はいらない」

民吉は試されたのである。

土方からもたらされる陶石の素地は、捏《こ》ねると手にやわらかく馴染み、天草陶石の優秀さに感じ入る思いであった。通常、瀬戸では、素地は陶石と粘土で抱き合わせにつくられる。天草石の特色は、ほかの粘土との調合を要しないことであった。よって、粘りがあり、薄くて、しかも堅い上品な作品が出来るはずである。

民吉は、自分なりに型を定め、手際良く成形し、これを焼方に渡し、焼いてもらった。まだ染付の焼き方は教わってはいない。役目は素地を成形することだけである。

出来上がった茶碗を見て、幸右衛門が評価した。

「まだまだじゃ。どうやら恰好はついておるが、大きさが一律でなく、見本の茶碗と不揃いである。形も大きさも見本通りでなくてはならない。これでは、売物にはならん。わかるか」

いかにも、その通りである。民吉は再度、茶碗作りにかかった。数回作りかえることで、ようやく形状だけは均一になった。しかし、製品の大きさは、一定にならないのである。今までの経験では、解けないことである。呻吟《しんぎん》するうちにある夜、閃《ひらめ》くものがあった。

熱田での津金奉行の陶業教育の時のことである。奉行は、『陶説』の五項について述べた。

「円形の器を造る時は、一つの様式ごとに、ややもすれば、百個も千個も作らねばならない。そのためには、模型がなければならない。そして、その模型は、必ず元の形と似ていなければならない」

ここまでは、よくわかる。

「ただし、模型の尺寸はあらかじめ計算できない。成形するための素地は生もので、泥がまばらで、しかも、性質が軽い。焼けば、まばらは締まり、軽いものは緻密となる。一尺の生素地は、七、八寸に止まる。伸縮の理は然るものなり」

素地が焼かれれば、製品は素地の大きさから縮まってできる。当然である。

「素地の寸法や形状を定めるには、必ず模型を先にし、故に模匠《もしょう》（型を造る師匠）は、造るとはいわず、定《さだめ》るという。一個の器を作るためには、数回も作るにあらざれば、器の尺寸や様式は、器を出す時に、見本と合致することができない」

確かに、素地は焼くことによって収縮する。ただし、それは一律ではない。素地の種類、すなわち、陶石の産地の特性、その精製の過程の差に因り、素地に個性が生ずる、これをよく見極めなければならない。

「必ず、窯の火の有様や、泥の性質をよく記憶して、まさによく計算、加減して、もって型を定める。この匠《たくみ》は、一《いつ》に景徳鎮にても、名手と推すは二、三人にすぎない」

民吉は、自分が天草陶石の縮み具合、焼き加減を知らないことを認めざるをえない。それは、石の心を知らないということである。

民吉は、見本の茶碗と、先に素焼きした茶碗とを並べ、それぞれの寸法を計り、平均的な差を計量した。その差は、おおよそ一割近く、素焼きの方が少なかったから、逆算にて、素地の大きさを縦横に膨張して、作ってみた。数回するうちに、見本とほぼ同型の膨張した型になるようになった。しかし、焼いた結果は、微妙に違っている。それは成形のためではない。焼き方のせいとしか考えられない。

とりあえず、民吉は、見本の茶碗の大きさに適当な膨張を加え、素地としての茶碗の成形を終え、この形にそって、自分用の模型の鋳型をつくった。碗の指し渡しの計り物と、碗の内側にそって、湾曲させる長目の特殊な篦《へら》なども工夫した。これで、均一な成形がなされるのである。

民吉は、窯焼きの立会いを申し出た。

幸右衛門は一時、思案する風であったが、民吉の「焼物の作り方は、轆轤ばかりではありません。本当は、全部を知らなければ出来ません。まだ、未熟者で、あえて全部とは申しあげませんが、宿題を解決するには、どうしても窯焼きを見ないと出来上がりません」との熱心な主張に負けた。

「ただ、手伝いだけで、窯入れはしないこと」と、承諾した。

月明かりの夜を選んで、窯焼きがなされた。民吉は、荒仕子らに混じって、薪の松の幹を搬入することと、それを一カ所にまとめて、投入しやすくすることなどを手伝った。窯元が、薪を重ね入れて、着火し、必要に応じて、窯に穿《うが》たれた窓から薪を投入する様を入念に見守った。一昼夜は寝ずの番であった。

焼き方は、火の色合いと呼吸を見ることで、さまで瀬戸と変わることはない。しかし、呼吸には、窯によって独特のものがあった。

開窯の時は、何時になっても、胸がときめくものである。三日後、窯は開かれた。民吉が作った素焼きの三十個ほどの茶碗の取り出しは最後であった。その一個一個を板の上に丁寧に並べた。数個ほど歪んでいるものがあった。しかし、破損の割合が少なかったのであろう。幸右衛門が言った。

「よう、出来た。これに染付があれば、いうことはなか」

「ありがとうございます」

ここでようやくにして、幸右衛門は上田家に伝わる細工人の心得を示した。

「細工人たるものは、一切の陶器のその形・恰好を取り失わざるよう心掛け、手本の品を平常手元に置いて細工いたし、装束《しょうぞく》（支度《したく》）の節は縁際・高台際などよくよく入念第一に、ゆがみなきように、上達の者に随い、習い、未熟の者を教え導き、職業和合して、相務むべき事」

それ以後、幸右衛門は、やや大ぶりの茶碗の製造を命じた。五十個から百個、百個から二百個、そして、一日の出来高が二五〇個になるのは、六月になってからであった。その間、轆轤作り以外の作業、つまり染付や釉薬の調合作製の指示は下されなかった。

皿山の休日などには不文律があった。

「休日たりとも魚釣その外、殺生無用の事」また「酒宴遊興は勿論、式日の外、酒呑はしない、尤も窯焼きの納会のお祝いの時は、これまでの通り相心得申すべき事」。

極めて倫理的である。

ある休日、民吉は、三代平《みよへい》を遊びに誘った。どこに行くかが問題であった。三代平は、民吉より五歳ほど下である。

結局、選んだのは、隣村の大江村の八幡宮の夏祭りであった。思いのほかの盛況で、出店が出て、おおっぴらに酒が飲めた。三代平は上機嫌である。

「おなごが、おらさんとが、寂しか」

「神様のお祭りじゃけん、無理もなか」

民吉は、わざとここの方言で答えた。

「長崎に行きたかばってん、行かれんとたい」

「なしてな」

「ご庄屋へ届けにゃ、ならんとたい」

「なるほど」

「なんかあれこれ理屈ばつけて、いわにゃならんとたい。とくにこん頃、二月には隣村の今富村で、耶蘇《やそ》が見つかったとかいうて、吟味がきびしかとたい」

「そんなこつな。して、長崎はそげん、よかとこかな」

「そりゃ、特別たい。オランダちゅうところん、紅毛人が商売に来《く》っところじゃけん、よかとこたい。よく、高浜に来ちょる肥前の陶石の買人《ばいにん》がいうとる」

「肥前のどこから来るのか」

「波佐見《はさみ》とか三川内とかいうとった」

「皿山もあるとでしょう」

「そうじゃ、盛んらしか。ここん皿山のご開山も、長与からこらす前は、波佐見におらしたちゅうこつたい」

「なるほど。有田という所も波佐見に近いのでしょうか」

「そうたい、波佐見も三川内も有田と一円たい」

数日後、民吉は熟慮の末、幸右衛門へ休暇を申し出た。

「長崎の諏訪《すわ》神社の秋の祭礼が近く始まる由とお聞きします。一見の価値があるとか。土産話に参りたいと存じます」

幸右衛門は快諾した。

「よくぞ、精進された。行って気晴らしにされよ」

民吉は、状況報告を兼ねて、東向寺に天中和尚を訪ねた。

「轆轤作りは一通り、修業できました。もはやこの皿山でも、負ける者はありません」

和尚は喜んで聞いた。

「しかし、一つだけ、不満があります」

「それは何じゃ」

「轆轤作りのほかの、染付、色絵、窯焼きとかが習いたいのに、その気配がありません」

「追々そうなるのではないか」

「いいえ、そうではないようです。周りの者は皆親切ですが、事、焼物の技術のことになると、一様に口をつぐんでしまいます」

「どうしてじゃ」

「私が、余所者《よそ》だからでしょう。窯焚きの秘密保持のため、箝口令《かんこう》が出ているに相違ありません。いつまでも同じことばかりでは、無駄です」

「それで、どうしたいのじゃ」

「肥前の皿山に行きたいのです。もっと広く勉強しなければなりません。幸い、長崎の諏訪神社参りが許されました。これに便乗して、彼の地の皿山を見にいきたいのです」

天中和尚は思案した。

「拙僧に考えがある。肥前の佐世保村に西方寺《さいほう》がある。同じ曹洞宗じゃ。そこの現在の住職は、拙僧がいた神蔵寺での兄弟子慈明洞水和尚である。昵懇《じっこん》であれば、紹介状を認めよう。西方寺の近辺には、平戸焼の皿山があるはずじゃ」

民吉は天中和尚の好意を謝し、天中の添書と東向寺発行の往来手形を懐にして、高浜に戻り、幸右衛門に正式に長崎行きの承認を得た。ちなみに、当時切支丹対策のため、往来手形の発行権限者は寺院であった。

九月上旬、民吉は、上田家所有の資材輸送船に便乗して、高浜から長崎に直行した。

長崎の諏訪神社は、弘治元年（一五五五）、長崎の鶴城主長崎甚左衛門純景の弟長崎織部亮為英が、京都の諏訪神社の諏訪明神（もしくは建御名方神《たけみなかたのかみ》）の分霊を、同地の風頭山《かざがしらやま》の麓に奉祀したのが始まりである。

寛永二年（一六二五）、時の長崎奉行長谷川権六・長崎代官末次平蔵の支援のもと、佐賀の修験者青木賢清が、丸山に三社（諏訪・森崎・住吉神社）を再興し、長崎の産土神《うぶすながみ》とした。

寛永十一年（一六三四）、長崎奉行（神尾元勝・榊原職直二奉行制の代）の支援にて、青木宮司は、九月七日・九日を祭日に定めた。「長崎くんち」の始まりである。これは、当時、長崎を席捲《せっけん》した切支丹排斥のための催しでもあった。

「くんち」は、祭日の九日にちなむようである。一方、中国では、この日を重陽《ちようよう》のめでたい日として祀った。これが、諏訪神社の祭日と習合して、「おくんち」となった。博多や長崎の中国と関係の深い地域に広がった。

七日には、神前にて踊りが奉納され、三体の神輿が、当年の番町の役員によって担がれ、大波《おおは》止《と》のお旅所《たびしよ》まで下る。

承応三年（一六五四）から、このお旅所に桟敷《さじき》が設けられ、出島在住のオランダ人が、奉納の踊りを見物した。

元禄七年（一六九四）には、唐人屋敷に在住していた中国人も、この桟敷で踊りを見るようになった。長崎全域の祭りごとになったわけである。

九日は、七日の逆のお上りである。

民吉は、長崎に四日ほど泊り、おくんちを堪能した。わけても、江戸町に行き、その海側に埋め立てて造られた出島を水路越しに眺め、そこに住まい、出入りするオランダ人のしぐさに感じ入った。彼らが日本の、しかも肥前の磁器を嗜《たしな》むとは、不思議であった。背が高く、白色の人肌で、風俗、風体も違うのに、物の良さは国を選ばないのであろう。肥前の磁器のどこがそんなによいのか、聞いてみたかったが、言葉が通じないので、聞く由もなかった。

長崎からは、歩いて北上、時津《とぎつ》から便船で大村湾を横切り、早岐《はいき》に上陸、そこで一泊した。

早岐は、東の有田と北の佐世保、それに南の大村・長崎に向かう街道の分岐点である。宿に近く、天草屋の看板があった。その屋号にひかれて覗いてみた。亭主は久兵衛と名乗り、天草の深江の者であった。天草産の砥石と陶石を扱っていた。納品の先を聞いてみた。

「三川内窯などに納めております。この早岐川の上流にあります」

「そのほかには、どんな物を商っておられますか」

「粘土ですか」

「そうです」

「早岐の海側の先に、針尾《はりお》島というところがあります。そこの三ツ岳によい陶石が採れます」

「それも販売されていますか」

「そうです」

「同じ、三川内窯ですか」

「そうです」

民吉は、この情報に、幸先よいものを感じた。

翌日、佐世保村へ向かった。西方寺へ着いたのは、午後であった。住職慈明洞水は、在宅していた。

民吉は、天中和尚の書状を呈し、挨拶した。

「私は、尾張の瀬戸村の陶工で、焼物の細工の修業のため、天草の東向寺へ参り、天中和尚のご好意にあずかり、四月より前八月まで、高浜の陶家へ泊まり込み、彼の地の細工もおおかた覚えましたので、平戸公の三川内山の窯へ参りたく、東向寺さまのお手紙を頂戴して、ここに参った次第です。よろしくご指図いただければ、幸いに存じます」

洞水和尚は天中和尚の手紙を瞥見《べっけん》し、答えた。

「ようこそ、遠い所から参られた。まことに奇特なことじゃ。用件の趣は、この書状によっても、充分に承知申した。しかし、拙僧の独断では、計らい難きこと故、しばらくはこの寺にとどまり、先方へ連絡付き次第、三川内に参られるがよかろう」

「ありがとうございます」

「東向寺の天中和尚と縁のあるお主と会うことができるとは、これも仏縁というものじゃろう。天中和尚が神蔵寺へ住持される前の住職が拙僧じゃ。それから、拙僧は、武蔵の寿徳寺へ転住し、そのあと、この西方寺へ来たのじゃ。ここ肥前江迎《えむかえ》の猪調《いのつき》村は拙僧の郷里である」

「それはまた、ご縁でございます」

洞水の師匠は、神蔵寺の開山大店和尚である。神蔵寺五世住職であったのは、安永年間である。西方寺では第十六世である。

ちなみに慈明洞水は、佐々村の北、江迎猪調村にて寛保三年（一七四三）に生まれ、神蔵寺五世になったのは、安永五年（一七七六）である。その後、武州寿徳寺十五世を経、西方寺へ迎え入れられた。神蔵寺にては、洞水のあとが六世天中である。

洞水は、同じ曹洞宗の早岐村の薬王寺に書状を送り、事情を説明して三川内焼への斡旋を依頼した。和尚はつけ加えた。

「薬王寺から返事がある間、暇がある。何かすることはおありか」

「いえ、とくにありませぬ」

「なければ、焼物作りはどうかな」

「どうしてですか」

「寺の裏に楽焼きの窯を造っておる。幸い、拙僧は楽焼きをいささか嗜むものである。時間つぶしに、焼かれてはいかがじゃ」

「それはまた思いもよらぬことで、して和尚はいずこにて修業されましたか」

「神蔵寺にいた時、美濃に知り合いができて、そこで習ったのじゃ」

「それは重宝、手慰みに作らせていただきます。それで思いついたことがあります」

「なんじゃ」

「手前、恥ずかしながら、一向に書き物が無調法で、初歩から、簡単に文字を教えてくだされ。焼物は習わずともできますが、手紙が苦手でございます」

「よかろう。簡単とはいえんが、明日の午前から始めよう」

和尚が用意したのは、「伊呂波《いろは》歌」であった。

色《いろ》は匂《にほ》へと散《ち》りぬるを　わか世誰《よたれ》そ常《つね》ならむ　有為《うゐ》の奥山けふ《今日》越えて　浅き夢見し酔《ゑ》ひもせす

京《ん》

「これは、『涅槃経《ねはん》』というお経の無常偈《むじょうげ》という言葉の要点をわかりやすい歌にしたものじゃ。諸行無常《しょぎょうむじょう》、是生滅法《ぜしょうめつほう》、生滅滅已《しょうめつめつい》、寂滅為楽《じゃくめついらく》と唱える。これを毎日十枚ずつ筆写するのじゃ」

「わかりました」

「書けば、覚えていく」

「はい」

三日後、和尚は、民吉の上達を見込み、宿題を出した。

「続けることが大事じゃ。これは難しいぞ」

「金光明最勝王経音義のいろは歌」とある。

以呂波耳本へ止《いろはにほへと》　千利奴流乎和加《ちりぬるをわか》　餘多連曾津禰那《よたれそつねな》　良牟有為能於久《らむうゐのおく》　耶万計不己衣天《やまけふこえて》　阿佐《あさ》
伎喩女美之《きゆめみし》　恵比毛勢須《ゑひもせす》

これは難しかった。音はわかるが、漢字は記憶し難い。

旬日にして、返事が来た。平戸藩御用窯の今村幾左衛門が受け入れを承諾した由であった。しかし転入は、人手の都合により、十二月初旬として指定された。年末の繁忙を考慮してのことであろう。

民吉は、洞水和尚に、三川内へ行くことを確約し、そのうえで、報告のため、一旦天草へ帰ることの承諾を得た。実際は、高浜焼の幸右衛門、窯元の上田源作には、事前に実情を説明していなかったからである。

和尚は餞別といって、笑いながら、民吉に持たせた。中国の千字文の一部を三枚に書写して音を付した和尚の手書きであった。

「お主の名前は何と書こうか」

ちょっと考えて民吉は答えた。

「加藤の民吉としてくだされ」

「承知した」

和尚は、書写した綴りの表紙に「加藤民吉殿」と、太ぶとと墨書した。

「これでは困ります」

「なにがじゃ」

「この『の』が消えております。加藤の、とは瀬戸物の祖師加藤藤四郎さまにあやかって申したまでのことで」

和尚は莞爾《かんじ》として笑った。

「これでよいのじゃ。いずれそうならねばなるまい」

民吉は無言で押し頂いた。

帰り道は、佐世保から長崎までは、来た行程を逆に戻ればよかったが、長崎に上田家の船はいなかった。長崎から茂木まで峠越えし、茂木から富岡まで船便を使い、富岡で本戸行きの船に乗り継ぎ、東向寺へ行った。

天中和尚は、三川内行きが決まったことを喜んだ。民吉の願いで、早速上田源作宛て、三川内行きの事情を説明し、民吉の使命と熱意への助勢を乞う、書状を認めた。

上田源作にわだかまりはなかった。天中の書状を披見して言った。

「それは、それは、喜ばしきことでござる。もっとも、高浜焼は、なお、未熟にて、細工も悪い。三川内は、有田に並ぶ肥前の窯元である。三川内山の陶業をよく見極め、修業なされるが宜しかろう。このうえは、悔いなく、存分になされよ」

源作は、過分の路銀を与えて、激励した。民吉は、源作の恩情にそむかないことを誓った。

民吉は、高浜焼の皿山の幸右衛門・三代平ほか同僚に見送られて天草を後にしたのは、十二月の初めであった。

三川内焼

民吉は改めて西方寺へ、三川内入りの挨拶をすまし、早岐村の薬王寺を訪ねた。十二月十六日であった。

住職は、六世玄珠舜麟《げんしゅしゅんりん》和尚である。民吉は、一日方丈へ迎えられ、一杯の茶を喫した。湯呑茶碗は染付で、三川内焼であるといって、住職は民吉の来訪をねぎらった。

「ようこそ参られました。三川内という所は本当に何もない、山ばかりの寒村ですが、焼物だけは、天下無双の評判をいただいております。この白い輝くばかりの磁器の肌あいは、何ともいえません。大きな窯元は今村家と中里家で、これに手伝い窯として、数軒の窯屋があります。これから案内するところは、今村家四代好貞さまの三男、今村茂右衛門（別名幾左衛門）さまのところです。心おきなくご精進なされよ」

窯屋は、薬王寺から徒歩小半時、行くうちに一本の川は、三筋に分かれ、左側を渓流沿いに上がった。道は、曲がりくねってかなり急坂である。その先の奥山が三川内山であろう。山林に隔てられて見えない。渓流の両側に登り窯があって、煙突に煙が立ちのぼっている。

中腹に茂右衛門の窯があった。意外にも二連の丸窯である。新しい。いたってこじんまりとした佇まいであった。茂右衛門は、土こねの作業の手を休め、二人を奥の小道を隔てた住居へ招じ入れた。

住職が時候の挨拶をして、茂右衛門に民吉請け入れのお礼を述べ、つづいて民吉が挨拶した。

「天草で修業した民吉と申します。なにとぞ宜しくお願い申しあげます」

瀬戸出身とは明かさない。

茂右衛門が尋ねた。

「何年になられるか、焼物は」

「はい、四、五年になります」

「では、ほどほどにはできられるわけか」

「いいえ、まだまだ、未熟もんです」

「どの程度できる」

「一通りはできますが、できれば、染付、釉薬などをよく教わりたいと存じます」

「よかろう」

「して、一つお尋ねしてよろしいでしょうか」

「なんなりと」

「お見受けするところ、丸窯のようですが、陶器も焼いておられるとですか」

「いや、磁器ばかりじゃ。わしは分家じゃけ、本家の手伝いをしておる」

「なるほど、わかりました」

民吉は、手伝い窯と聞いて、幾分安堵する思いであった。三川内焼が、平戸藩の御用窯であるからには、有田と同様にそれなりの規制があるはずである。詳しくはわからないが、三川内では、窯数の制限は分家までは及ばないのであろうか。緩やかなのであろう。

翌日から、轆轤作りの手伝いが始まった。茂右衛門は、暇の時は、三川内窯の歴史をあらまし語ってくれた。

三川内地区は、元来は、大村領であった。領主大村純前《すみさき》は、庶子貴明がありながら、天文九年（一五四〇）、南島原の日野枝城主有馬晴純《はるずみ》の二男純忠を養子に迎え入れた。ちなみに純前の娘が有馬晴純の妻である。庶子貴明はこれをこころよく思わなかった。

天文十四年（一五四五）、貴明は、武雄城主後藤純明《すみあき》に子なきため養子に迎えられた。

天文十九年（一五五〇）、大村純忠は、養父純前の隠居にて、家督を継いだ。

永禄三年（一五六〇）、後藤貴明は実子ができなかったので、平戸領主松浦《まつら》隆信の二男惟明《これあき》を養子に迎えた。大村氏を牽制するため、松浦氏と誼《よしみ》をむすんだのである。

永禄六年（一五六三）、貴明は、大村純忠がキリスト教を信仰し、横瀬浦に教会の建築を許可したことに反発し、大村氏の反キリシタンの家臣団を含め、横瀬浦奉行針尾《はりお》伊賀守を抱き込み、横瀬浦に建てられた教会を襲って焼き打ち、針尾島の佐志方《さしかた》城を攻め落とした。大村純忠は多良岳へ逃亡し、のちに復活する。この時、貴明は佐世保・日宇《ひう》・早岐・佐志方の四カ村を自領としたが、これをすぐさま、支援を請うた松浦隆信道可へ割譲した。これは大村純忠との合意のうえではない。

永禄八年（一五六五）、大村純忠は再び早岐の彊場《きょうえき》（国境）を侵した。松浦隆信は子鎮信《しげのぶ》を派遣してこれに応じた。かねて大村氏と有馬氏を恐れていた針尾島の領主針尾伊賀守は、松浦氏に与《くみ》し、領地針尾島を松浦氏へ帰属せしめた。

天正二年（一五七四）、貴明は、養子惟明が叛旗を翻したので、やむなく竜造寺隆信に支援を求め、惟明を制した。平戸松浦氏とは疎遠となった。

天正十四年（一五八六）、大村純忠は旧領奪回のため、有馬・有田・波多氏と連合し、松浦氏の早岐にある番城井手平城（城代岡甚左衛門）と広田城（城代佐々清右衛門）を攻めた。井手平城は一夜にして落ち、岡氏らは戦死した。佐々清右衛門は、松浦鎮信の援軍を得て守りぬき、逆に大村氏の彼杵《そのぎ》城を攻めるも撃退され、海路にて退却、九十九島の金重島《かなしげとう》で自刃して果てた。

戦後大村・松浦両氏は、広田村字重尾と南風崎《はえのさき》との中間にある重尾峠で会談し、境界を協定した。併せて、和睦の証として、大村純忠は、松浦鎮信の長男久信の正室に自分の娘をいれた。のち松東院と称し、当主に棄教をせまられたが、頑としてキリシタンを貫き通した。その化粧料として、従来の佐世保、日宇、早岐、針尾島に加え、松尾瀬村（三川内を含む）を平戸領とすることを認めた。

天正十八年（一五九〇）、松浦鎮信は、岡甚左衛門、家臣らの死を悼み、その供養のため、井手平城の城址に一寺を建立した。曹洞宗城持山薬王寺である。開山には平戸の瑞雲寺九世太虚舜道を招聘した。薬王寺が現在の山麓に移るのは、万海素休《ばんかいそきゅう》和尚（元禄九年〔一六九六〕歿）の代のことである。


この三川内に陶業が開始したのは、文禄三年（一五九四）頃のことであろう。当時、肥前北波多村に岸岳《きしたけ》城がありその城主は波多氏であった。十七代が、波多三河守親《ちかし》である。実は、十六代波多壱岐守盛《さこう》（有馬晴純の三男）は嗣子なく歿し、継承問題となったが、弘治三年（一五五七）、島原の有馬義貞の二男（藤童丸）が養子となって家督を継いだ。波多三河守親である。大村純忠は叔父である。正室は竜造寺隆信の娘である。

朝鮮出兵時（文禄元年）、新たに築城された名護屋城は、秀吉に調達された波多氏の土地のうえにある。朝鮮の役で出兵、第二軍の加藤清正・鍋島直茂軍に配属され、鍋島軍と朝鮮で合流するはずのところ、北進せず、熊川に一年半以上も留まり、この軍令違犯で、文禄三年、改易となり、茨城の筑波山麓に流刑となった。

波多氏は陶業を奨励していた。朝鮮との貿易にかかわり、日本海に面した北朝鮮の咸鏡北道《かんきょうほくどう》鏡城郡朱南面七郷洞並びに明川郡上雩北面中郷洞、あるいは会寧《かいねい》郡雲頭面細洞などの陶工を連れ帰り、岸岳城山麓の登り道に相対して窯を築かせたようである。永禄元年（一五五八）頃のことであろう。

窯の数は七基である。帆柱・皿屋・道納屋谷・大谷・平松・飯洞甕上・飯洞甕下の各窯である。波多氏改易で保護者を失った諸窯は、廃業はおろか、逃散の憂き目に遭遇した。いわゆる岸岳崩れである。

これらの一部の陶工らが、なお竜造寺一族の勢力が色濃くのこる三川内地方の縁者を頼り移住、開業した。葭《よし》の本《もと》・柳の元・生石・長葉山の諸窯である。唐津系陶器窯である。

三川内の今村家は別の系統に属する。その遠祖は、朝鮮の慶尚道熊川《こもがい》郡の人である。慶長三年（一五九八）、豊臣秀吉の朝鮮再出兵に際し、朝鮮に参戦した平戸城主松浦鎮信によって、朝鮮から連行されて、平戸に入国した一二五名の一人、巨関《こせき》である。陶工の頭で、十数名の陶工を従えていた。その余りの男女は、松浦氏の家臣の下男下女として、雇用された。

松浦氏は、巨関の技量を買い、城下を離れた領内平戸島の中野村字紙漉に窯を築かせ、茶陶を作らせた。旧平戸焼（中野焼）である。茶陶は、高麗風の刷毛目《はけめ》、粉吹きといわれる。巨関には、今村弥次兵衛という日本の姓名が下された。

この移住集団の中に、巨関の遠縁の嬰《えい》という少女がいた。釜山の出である。松浦氏が朝鮮からの撤退で慌ただしいさなかに、巨関は、みなし児の嬰を釜山に尋ね、洗濯のため不在であるところを探しだし、着の身着のままで移民の一員として平戸へ連れてきた。孤児であるところからいえば、両親は釜山の戦火にまぎれ亡くなっていたのであろう。平戸では、中野窯で捻り物などを教えた。遠国で身寄りもなく心細いところを、不憫と思い身近において慈しんだ。

嬰は、慶長十年（一六〇五）頃には二十歳くらいといわれた。縁談の時期である。しかし、嬰は、一生婿はとらない主義であると断り続けた。巨関は諦めた。

慶長十五年（一六一〇）、巨関に長男三之丞正一が生まれた。しかし、産後の肥立ちが悪く、母を失った。嬰が母親代わりに三之丞を、慈しみ保育した。

平戸には、磁器の原料である良石が乏しかった。藩主松浦隆信は、巨関に命じて、良質の陶土の探査をさせた。元和八年（一六二二）、巨関は、一子三之丞と家来沖田久衛を連れて、領内の踏査にあたった。

早岐の権常寺、日宇の東ノ浦、折尾瀬の三川内免の吉ノ田、それに相木場に陶土を発見した。巨関は、三之丞とともに、翌年、葭の本に窯を築き、先に発見した陶土を用い、試焼した。しかし、満足にはいたらなかった。なお、針尾島の三ツ岳にて、陶石に調合する陶土を発見するための調査を行い、時には隣国にまで及んだ。これは、寛永十年（一六三三）まで続いた。時に、三之丞は二十四歳になっていた。針尾島三ツ岳の網代《あじろ》石の発見は、寛永十年頃である。

この前年、寛永九年（一六三二）、巨関は七十七歳にして、帰依していた佐賀領黒髪山の大智院尊覚法印のもとに隠棲した。この山の下に筒江というところがあり、そこに陶土を発見し、老後の手慰みに焼物を作った。

孫の正名が七歳の時、養育のため、自分の身許に引きとった。

寛永二十年（一六四三）同所で死去した。八十八歳であった。正名は、父三之丞のもとに送り帰された。

この節、巨関と同時期に日本に来た、竹原道磨（朝鮮人）という人がいた。筑前に居住していた。その子五郎七という人が、葭の本に三之丞を訪ねてきたのである。唐津の椎の嶺にて、焼物を作っているという。すぐに昵懇になった。

この縁で、三之丞は、父の弟子小山田佐衛、父の家来沖田久衛、それに嬰女とともに椎の嶺に移住した。しかし、五郎七は転出したあとであった。およそ一カ年、三之丞らはそこに逗留して、陶法を学んだ。

五郎七は、有田の南川原に転住していた。弟子が三人いた。宇田権衛・平衛・左内（いずれも朝鮮人）である。宇田権衛は、五郎七とともに、南川原に行き、のち酒井田柿右衛門の師となった。

椎の嶺には、熟達した陶工が多くいた。福本弥次右衛門（朝鮮人）、中里茂右衛門（朝鮮人）のほかに、丹波国篠山《たんばのくにささやま》の浪人前田徳右衛門・山城国《やましろのくに》平安城の浪人山内長衛絵師らである。前田と山内は慶長・元和の乱にて、諸国を遍歴にうえ、同地に行きついた者であった。

ここで、三之丞は前田徳右衛門の娘を娶った。

寛永十一年（一六三四）、三之丞は、福本・中里両人へ、嬰女のことを頼み、また修業の旅に出た。妻と沖田久衛を伴った。ともに徘徊中に佐賀領の須古籾岡山で、男子を出産した。弥次兵衛正名である。のち、正名は七歳の時、佐賀領の黒髪山の尊覚法印にあずけられた。黒髪山に隠居していた巨関の身許に引きとられたのである。

その後、三之丞は、南川原に五郎七を訪ね弟子となった。なお、白手焼物の細工を習うためである。弟子となるも、五郎七は容易に焼物の上薬《うわぐすり》（釉薬）の秘法を明かさなかった。調合の時は二階にあがり作業しているようだが、あがって見ることはゆるされない。しかし、その薬の土灰の水かけの仕上げは、日雇いの女に任せているようである。

三之丞は、一案をめぐらし、自分の妻を日雇いに雇ってもらった。妻には委細を含ませた。妻は、椎の嶺で五郎七と面識があった。

妻は、五郎七の隙を狙い、釉土灰《ゆうあく》の下拵えに二階へあがり、そこにあった水汲みの器物にてこれを計り、調合台の上に用意した。あとは五郎七が、調合して下げ戻した釉土灰の残量を、内緒に計った。よって、二品の前後の計量の差が、上薬の量となる。

これを妻から聞いた三之丞は、すぐに親子ひき連れ逃亡をはかった。二、三日は山奥に隠れた。五郎七の追手は、ついに発見を諦めた。

その後、五郎七は、嬉野に移住した。そこでキリシタンの嫌疑があったもようで、嬉野のキリシタンに手入れがはいるのを察知するや、急ぎ左内を連れて土佐国へわたり、最後は大坂の天満にて、間もなく死んだ。よって、左内は、竹原の姓を名乗り、江戸の浅草にて子孫を残した。五郎七の死は、弟子茂吉によって、有田にもたらされた。ただし、左内の行方は杳《よう》として知れない。
ついで、三之丞は、佐賀領の内野山、または宝川で、試焼をなし、さらには、大村領の波佐見の三つ股を経、中尾皿山にて、三つ股山で発見した陶石を用いて、新築した窯にて試焼した。しかし、出来た物は、曇色にて太白にならず、成功しなかった。寛文七年（一六六七）大村藩主純長が波佐見の三つ股に皿山役所を設ける二十八年前のことである。

するうちに、松浦公の使者志方半之丞の来訪があって、帰国を促された。三之丞は、中尾の皿山を弟子の小柳吉右衛門に譲り、葭の本に帰った。寛永十三年（一六三六）のことであった。小柳吉右衛門は、地元川棚村の出のようで、延宝四年（一六七六）に亡くなり、同地の常在寺に葬られた。

志方半之丞は、三之丞を召し連れ、平戸城に帰国の挨拶をさせた。担当の役人は言った。

「お呼び出しの趣は、御領内のいずこにてもよい、その方のよろしき所を見立て、勝手に居住することを認める。希望を申しあげよ」

「ありがたき幸せにございます。されば、三川内の下手、丸山というところに居所を定め、焼物窯は、それより北の長葉山《ながはやま》に作りたい所存にございます」

長葉山についていえば、先に述べた文禄三年（一五九四）岸岳崩れにて長葉山に移住してきた陶工たちの居住地である。ここに陶土があったからであろう。

椎の嶺にいた嬰女は、中里茂右衛門の父が亡くなると、その子茂右衛門とともに、長葉山の地に移住、窯を開いていた。三之丞は、この嬰女の縁を頼り、この地を選んだのであろう。嬰女は茂右衛門を養子に迎え、中里姓を受け継いだ。

三之丞の申し出に、役人は異存はなかった。三之丞は、椎の嶺の前田徳右衛門、山内長衛、それに家来の沖田久衛を新居に迎え入れた。これを知った藩主は、前田氏に対し、住居不自由ならんとして、金米（切米）、土地、家屋に至るまで下され、字一間と申すところ住まわせた。のちにこの土地を前田と称した。

同様に、山内長衛にも、金米、土地、家屋を下され、字小谷に住まわせた。すなわち、三川内焼の御用絵師の元祖である。

田中与衛は平戸の人で、藩主の御絵師法橋《ほっきょう》尚景の弟である。藩主の命により山内長衛の養子となって、絵師取締のため、三川内に使わされ、宛行地を下された。しこうして、この山内の姓がはばかる事があって、田中を名乗らされた。

寛永十五年（一六三八）、三之丞は、藩主の承認を得て、椎の嶺の福本弥次右衛門を、三川内に呼んだ。濃茶茶碗の名工とうたわれていた。この福本氏にも金米の手当が下された。福本氏は、今村家の手伝窯の祖である。のちに、山内氏の婿となった。

これより先、中里茂右衛門とともに、三川内に来ていた嬰女にも、在付き方の手当として、三之丞の願い出により、不自由なきよう、手当が下された。

同時期、福本弥次右衛門を慕い、椎の嶺から、金氏《かねうじ》太左衛門が来た。同じく、口石《くちいし》長右衛門、藤本次左衛門なども来た。

かくて、三川内の皿山は開基して、「三川内山」と称した。棟梁は今村三之丞、御絵師は、山内長衛と前田徳右衛門の二人、手伝窯焼きは、福本弥次右衛門と中里茂右衛門の二人、立走りの手伝いは家来沖田久衛と藤本次左衛門の二人となった。

寛永二十年（一六四三）、三之丞は、三カ皿山の棟梁となった。三山とは、同じ折尾瀬村にある江永山、木原山のことで、三川内山に隣接した三山《さんざん》の皿山を称する。すなわち、江永に皿山役所出張所所長山口辰次郎が、葭の本（木原）に所長小山田佐平が、それに三川内には三之丞が代官を兼務して、所長を務めた。

慶安三年（一六五〇）、平戸藩は平戸島の中野窯の陶工ら多くを三川内の長葉山に移住させた。中里窯との合流である。御用窯の体制を確立するためである。

三之丞は、元禄九年（一六九六）、八十七歳で死去した。今村家の初祖である。嫡男弥次兵衛正名が父の跡を相続した。磁器焼きに精を出した。

折柄、弥次兵衛は白石に茶色を含んだ砥石を稀に見たことがあった。これを、細末にし、針尾島の三ツ岳の土と調合し、いろいろ試しに焼くと、果たせるかな、極めて太白の磁器となった。藍画の染付をするとその藍の模様が鮮明に出て、実に天下無双であった。よって、この砥石はどこの産なりやと、早岐の者に聞き合わせた。天草島より参る物と聞き、歓喜のあまり、次郎衛と変名して、天草へ渡った。高浜の砥石の石場に至り、持ち主に面会を求めた。相手は上田某である。

後日、これを求めたいと約束して帰った。これは、他領のことで、その力を借りることに似たれば、秘密にすべしとして、正名は口外しなかった。

天草の採石場に行くには「内壱里陸地、内壱里海上」と覚書にある。富岡から皿山までの距離であろうか。「天草発見寛文二年（一六六二）也」と正名は覚書に記した。天草陶石について記している。


右（天草）の処に白石有るを求めて、三つ岳の土に調合す、是すなわち石焼の初め也、天草石を碓《うす》にて細末となす也。

三つ岳の土を上中下の四段に分ける。太白を上釉薬といい、上土を広東という、中土を合土といい、下土を網代という。

窯塗立ての法は、たとえば、登り二十軒の窯なれば、その真ん中にて、奥行三間半、横二間となして、上下是に応じて大小有。


これは後年、正徳二年（一七一二）、木原山の横石藤七兵衛（二代目中里茂右衛門の三男）が、早岐で天草陶石を発見したとされる五十年も前のことである。

ちなみに、天草で最初に開かれた窯は、富岡の南の内田村の内田皿山焼で、延宝四年（一六七六）には存在し、その開窯は延宝四年以前、寛永十七年（一六四〇）代以降とされる。

以上の覚書の記録によれば、三川内では、寛文四年（一六六四）、技術の上達の結果、太白および藍絵などの磁器が出来上がり、公儀へ上聞に達した。よって、公儀表の御用焼を仰せつけられた。松浦公は、幕府御献上の焼物とし、また他家への御用にもこれを使用した。

ついで弥次兵衛正名は平戸に呼ばれ、御前にて、数々の褒賞を拝領した。梶の葉の御紋（松浦氏の家紋）付・麻裃《あさがみしも》一着、時服一重、狩野常信の山水の画幅、その他いろいろの絵手本数巻、御高百石の位置（相当）をもって馬廻り格を賜った。

正名は、法体《ほったい》となって、藩主にお目見えするようになって、藩主から如猿《じよえん》の法号を頂戴した。猿のように機敏であると評価されたのであろう。

享保二年（一七一七）、八十三歳で死去した。

如猿は家訓を残した。


我が子孫、家相続の本人は、朝夕の御食・汁の碗二つは、自身の細工の焼物を用い候事、是代々申し伝え、一日も怠る間敷事、右は斯《か》くの如くの仕合せは、皆焼物の徳光也、片時も忘れ申さず候様にとの覚え也、尤も食汁椀の外は望み次第に相用候事。

享保二丁酉（一七一七）三月九日

追記していう。

右の一言は代々の家訓の申し伝え、末代に至り間違いも計り難い。寛政二年（一七九〇）三月九日、五代の今村正芳書記者也
こののち、天保十三年（一八四二）、藩主から、改めて如猿の功績を讃える覚書が皿山に与えられた。

其の祖如猿昔年之余慶なる恩択に浴する三皿山居住氏子と孫々に至る迄、敢《あ》えて之を忘るるなかれ、因って自今陶器祈願所として如猿大明神と崇敬致す可き事。

よって、陶工らは、如猿を陶祖大明神として祀った。三川内の陶祖神社である。

如猿が藩主より褒賞された同じ時、高麗嫗《おうな》婴女にも褒賞の沙汰があったが、婴女は高齢の故をもって、辞退した。これを名誉として、中里茂右衛門は、彼女を三川内中里家の祖として、奉った。寛文十二年（一六七二）、婴女は八十八歳ほどで亡くなった。世間では、百婆として、その長命を称えた。

この一五〇年後、婴女は、三川内の窯屋を見下ろす高台にある天神社の境内に、中里家の子孫

によって祠が建てられ、そこに祀られた。祭神は釜山大明神である。この神名には、中里嬰女の郷愁の思いが込められている。

今村茂右衛門からの話を聞き終えて、民吉は感銘を受けた。一番のものは、三之丞が竹原五郎七の秘法を盗むところであった。先人の苦労がよくわかった。

二つ目は、如猿の家訓である。窯元の今日あるは、「皆焼物の徳光也」のところであった。まさに、かくあるべきであった。

轆轤仕事をはじめて十日ほどの十二月二十六日の朝、突然、茂右衛門宅に山庄屋里見要左衛門がやって来た。皿山の支配役を兼ねている。里見庄屋は、二人を前にして、上座から言い渡した。

「民吉とか申す仁、余所者につき、所払いに処されることとなった。即刻、退去されよ」

茂右衛門が、疑問を呈した。

「今までかようなことがないのに、いかなる次第でありましょうや」

里見庄屋は説明した。

「すでに、承知のことであろう。宝永の年（一七〇四）から宝暦の年（一七五一）にかけて、当山は世に知られた陶業の地とはなり申した。寛政年間（一七八九〜一八〇〇）、焼物は最高に繁盛した。しかるに、諸国・諸山より、あるいは、六部や商人に変装して、当地の磁器の製法を盗まんとする輩《やから》が出没してきた。これを憂いなされた藩主は、窯焼は、長男のほかは一切磁器の製法を伝授することを厳禁された。いわゆる、一子相伝である。ところが、窯焼は困ったことになった。家の二男以下が、その職を失ったからである。ほかに職業がなければ、遊び者である。窯元は、相寄って相談し、一子相伝の解除を藩に願い出ることになった。すなわち、棟梁今村楚八どのが上申された。

『代々長男をもって御用品の手筋などを学ばせているが、万一長男病身にて御用勤めかねるの時は、古来如猿の工夫なせし秘伝の所柄も忽ち絶える次第にて、よって新築の窯塗り立てを御免下され度、されば、二男、三男にも、長男同様に古来の伝授を学ばせることができる。右新築の窯にて努めて稽古焼きを督励したい』

藩はこれをうけて、二男以下の支族にも、その製法の伝授を認められた。享和三年、つい昨年のことである。承知のはずじゃ」

「はは」

茂右衛門は二の句を継げない。

「わしは、これをなし崩しにするわけにはいかん。ここでは、支族に限って、とされる。余所者には許されぬことじゃ。問答無用である」

言い渡すなり、里見庄屋は立ち去った。

民吉は予感があたる思いであった。茂右衛門を恨むことではない。その好意を謝し、すぐさま退去し、薬王寺に戻った。

玄珠和尚は遺憾の意をあらわした。

「いたって無調法で申し訳ないことをしました。御用窯とは、まことにきついものです」

「ほかに、適当なところはありませんか」

ここで、簡単に引き下がることはできない。

「ないことは、ありません」

「どこでしょう」

「これから、南、一、二里のところです。江永村に皿山があります」

「ご存じですか」

「福本喜右衛門という方がおられます。ご紹介しましょう」

「それは、助かります」

民吉は、紹介状を懐に、早速江永に赴いた。江永山の麓に窯はあった。

喜右衛門は、書状に目を通すなり「残念」と言った。

「手前どものような小さな窯は、今でも手一杯です。お雇いする余裕が、とんとありません」

民吉は、気落ちする思いである。これを見かねて、「しかし」と喜右衛門はつけ加えた。

「私の親類に福本仁左衛門というのがおります。佐世保の先の佐々村で窯屋を営んでおります。そこでよろしければ、ご紹介申しあげます」

民吉に異存はない。藁をもつかむ思いであったからである。

ちなみに、喜右衛門は福本氏初祖弥次右衛門の長男九之丞の長子で、仁左衛門は弥次右衛門の二男新左衛門の長子で、喜右衛門と仁左衛門とは従兄弟にあたる。

「ぜひ、お願いします」

すでにして、夕刻が迫り、民吉は亭主の好意に甘え、当家に一泊した。同夜、民吉は、安堵の思いで眠り、前途にひらける光を夢見た。

翌日、民吉は、喜右衛門の紹介状を懐に、薬王寺にお礼を述べ、その足で西方寺へ向かった。西方寺の洞水和尚は、幸いなことに、佐々村にある同曹洞宗の東光寺に紹介状を書いてくれた。

東光寺に着いたのは、十二月二十八日であった。慌ただしい数日であった。

佐々・市の瀬焼

文化元年（一八〇四）十二月二十八日午後、加藤民吉は、佐々村の医王山東光寺の門をたたいた。住職は、十七世呉峯太岳《ごほうたいがく》である。太岳和尚は、西方寺の慈明洞水和尚の紹介状を見て、穏やかに言った。

「遠いところ、よくぞ参られた。西方寺のご住職洞水和尚はよく存じあげております。縁は異なものです。幸い福本どのは当寺の檀家です」

太岳和尚は、すぐに使僧に案内させて、市の瀬の福本仁左衛門の窯元へ送らせた。

医王山東光寺の開山は、土佐国の四万十《しまんと》の在、大用寺明厳鏡照の嫡嗣、英巌大漢松蔭である。諸国歴訪の行脚の末、肥前佐々村に至り、草庵を結び、持参の薬師瑠璃光如来の掛け軸を奉呈して、座禅三昧の行に専念した。永享七年（一四三五）のことである。

永享九年（一四三七）、時の平戸白孤山《びゃっこさん》城主二十二代、松浦豊久（淳《あつし》）が、松蔭の徳を慕い、同村の庄屋屋敷の東に寺院を開基し、松蔭を開山に拝請《はいしょう》した。同寺一世は、勝山景最である。松蔭と同郷で、平戸における総持寺《そうじ》直末の僧録所瑞雲寺の出身である。よって東光寺は瑞雲寺の末寺となる。

東光寺の背後に山城がある。佐々地区を治めた佐々氏の居城である。

肥前北松浦郡佐々村は、元松浦党の二代佐々右馬助存《たもつ》（相《たすく》の嫡子）の領地であった。永徳四年（一三八四）、一揆契諾状の松浦党三十四家の中に佐々長門守相がいる。この相が佐々氏の祖である。それ以前の佐々氏は不明であるが、おそらく同地方の豪族であったろう。

応永二十五年（一四一八）、松浦氏全四十一家のうち、この地の周辺では、田平、佐々、平戸、津吉、福島、日宇、相神浦、志佐、宗家松浦氏の名が見える。佐々刑部拵《そん》が采配した。

文明八年（一四七六）、領主松浦豊久は佐々の龍王城に拠り、佐々を支配した。これに反発して佐々の地侍が騒ぎ立てた。豊久は自分の五男稠《しげき》を佐々刑部勝《まさる》（拵《まつたし》）の養子に押し込み、佐々を松浦氏の領土に併合する強硬策に出た。

文明十一年（一四七九）、豊久が原因不明の病で野寄《のより》にて死去し、ほどなく稠も死んだ。豊久の後嗣松浦氏二十三代弘定は、佐々勝を復帰させた。

勝は佐々氏三代である。文明十二年（一四八〇）のことで、旧領佐々は、佐々氏に戻った。

明応七年（一四九八）、佐々勝（拵《まつたし》）は、松浦弘定の次弟頼《たよる》を養子に迎え入れ、娘の嫁ぎ先北松浦郡大島に隠居、頭を剃り、感翁和尚として余生を送った。この佐々勝（拵）は、先の佐々刑部拵《そん》とは別人である。

頼は佐々氏五代で、佐々の鳥尾城主である。その後嗣刑部少輔元喜《もとのぶ》が六代を継承した。

天正十四年（一五八六）、大村・波多・有馬の連合軍は松浦氏の早岐の出城井手平城（城主岡甚右衛門）・広田城を襲った。広田城主佐々清左衛門は、佐々氏の六代である。井手平城は一夜にして破れ、広田城主佐々清左衛門は、城兵三五〇を指揮、奮戦して松浦氏の援軍到着まで持ちこたえた。後日、松浦軍は大村氏の彼杵《そのぎ》城を攻めるも撃退され、佐々清左衛門は敗走、九十九島の金重島で自害した。

清左衛門の嗣子伝右衛門は父とともに広田城につめたが、生き残り、文禄の役ではその留守役をつとめた。また、伝右衛門の嗣子仁兵衛は、平戸藩に禄高一五〇石で勤仕した。

福本仁左衛門は五十歳ばかりの偉丈夫である。民吉は名乗った。

「尾張の瀬戸村から参った民吉と申します。肥後の天草で修業しておりましたが、このたび、さらなる修業を思い立ち、ここに参上いたしました。よろしく、ご指導のほどお願い申しあげます」

身分は隠す必要はない。ここは御用窯でないことは、聞いていたからである。

仁左衛門は言った。

「ようこそ参られた。東光寺はわしの菩提寺じゃ。和尚のいわれることなら心配なか。ちょうど、年末で人手の欲しいところじゃった。遠慮なく、励んでくだされ」

ついで、仁左衛門は福本家の佐々への進出の事情を話した。

福本家の遠祖は、朝鮮の熊川の陶工従次貫《じゅうじかん》である。文禄年間、豊臣秀吉による文禄の役で、平戸の松浦氏の帰国に従って出国、肥前名護屋に上陸、名護屋城で豊臣秀吉に拝謁の栄を賜り、同地に窯を築き、茶碗を焼いた。その出来映えを賞されて、福本の姓を授けられ、名を弥次右衛門と名乗った。

慶長八年（一六〇三）、一子弥一が生まれた。慶長十八年（一六一三）、唐津の椎の嶺に転住、寛永元年（一六二四）死去した。時に弥一は十七歳である。二代目弥次右衛門を継ぎ、その陶技にて濃茶茶碗の妙を極めた。寛永十四年（一六三七）、三川内焼の今村三之丞に呼ばれ、三川内に転住した。同地創業者の一人である。

この福本弥次右衛門に二子があり、長男を久之丞といい、二男が新左衛門安中である。

本家久之丞はそのあと、喜右衛門、斧右衛門、喜右衛門、貞兵衛、脇右衛門、喜次郎、源七と代々相続して、明治に至った。

二男新左衛門は分家して、宝暦元年（一七五一）、佐々の市の瀬の丸山に移住し、一窯を開窯した。三川内焼の一子相伝に触れたからであろう。同伴者が四人いた。椎葉孝兵衛、福本勝左衛門、横石丈左衛門、福本久兵衛である。以上の五人が一窯を利用する窯仲間であった。

ちなみに、寛政八年（一七九六）九月、天草の高浜村焼物師伝九郎と同村庄屋上田源作連名にて島原藩松平氏大横目大原甚五左衛門に差し出した「近国焼物山大概書上帳」という天草陶石の納品先の報告書がある。肥前平戸領皿山之分として、五カ所のうち、三河《(川)》内皿山、ささ《(佐々)》皿山、江長《(永)》皿山を次にあげる。

一　三河内皿山　竈二登　此（竈）数凡そ四十五間、但し地土（素地）に天草土（石）を以て南京焼之極上品の焼物が出来
是者《このもの》の人高（従業員数）は凡そ三百人程、平戸御直仕入の山にて、御道具焼物師は知行を頂戴の仁で、御扶持も頂戴、帯刀御免之仁の数多《あまた》之有り、文鎮、形打物、其の外之極上品焼物色々出来

一　さゝ皿山　竈一登　此数凡そ拾間、但し天草土を以て南京焼の下品焼物出来

一　江長皿山　一ケ所　是は竈数、人高、出産之品相分からず

当時の三山の窯の性格をよく把握したものである。佐々皿山は、まだ五人が共同で陶業を営んでいた時のことである。

仁左衛門は、新左衛門の長男である。また江永の喜右衛門は従兄弟にあたる。

「ところが、天明六年（一七八六）父が亡くなると、不景気もあって、おいおい脱落者が出て、寛政八年（一七九六）には、最後まで協力された久兵衛どのが亡くなられると、この窯は私一人になりました。そのような次第で、あなたには、窯仕事のなんでもかんでもやってもらわにゃな

りません」

「承知いたしました」

民吉にとっては、むしろ望むところであった。

仁左衛門には、妻のほかに二男四女がいた。長女は早逝、長男は新左衛門小助、二女香《かおり》は家事手伝いで独身、二男は仁左衛門仁助で他家へ養子に出、三女は平戸へ奉公に出、四女妙も家事手伝いである。従って、家族の同居人は四人である。屋敷は窯場から離れて、平戸への街道筋にあった。

小助は仁左衛門の後継者で、時に二十四歳、窯焼き仕事の大半を任されていた。ほかに小者が三人いた。源兵衛親子である。

民吉は、土作りの手伝いを命じられた。

素地の原料は、針尾島三ツ岳の網代石、そして天草陶石であった。窯は連房式で五間《ま》の登り丸窯である。全長は二十間《けん》ほどの長大なものである。以前は五人の窯元がこの登り窯の一間ずつを共同で利用していたのである。

さもありなんと民吉は合点した。窯の下を鴨川が流れ、対岸に水車がかけられて、その間に作業場があった。

陶石の粉砕と水簸《すいひ》（水漉《みずこ》し）の仕事は小者に任せるが、その素地の混合は、仁左衛門の指示に拠っているようである。

香は事務方である。もっとも、仁左衛門と小助の留守の時は、代理をしている。調合も任されているようである。

民吉の住まいは、作業場に連なって源兵衛の住居があり、それに並んで使用人小屋があって、そこに定められた。窯の盛況の時に造られたもので、独り住まいとしては広過ぎた。源兵衛の住居と使用人小屋の間に飯場があり、食事は源兵衛の妻とめに任されていた。源兵衛とその子音助は荒仕子で、水漉しもし、いうなれば何でも屋であった。

正月の松の内が終わると、本格的な製陶作業に入った。民吉は一つの決まりを自分に課した。よく視ること、習うこと、随うこと、ほかより早く起き、遅く寝ることであった。

聞くと近所に金比羅山があって、社があるという。正月元日未明、民吉は登山して、小さい金比羅宮に参った。爾後、毎月朔日を参拝日と定め、実行した。

作業場への出勤は、明け六つ（午前六時）である。これは天草の高浜焼の習慣に倣《なら》った。清掃が終わる頃には、源兵衛親子が出勤してくる。

水車の流水口を開けて導水を始め、陶石を過不足なく、受け臼に用意する。ここで、音助は親父に言った。

「七三か、六四か」

「七三じゃ」

親父が答えた。音助は民吉に言った。

「七とは、天草石七、網代石三の割合のことじゃ。あらかじめ、大将（仁左衛門）が決めとるんじゃ。石はここにある。白かとが、網代石で、やや乳白色の茶色っぽいのが天草石じゃ」

原石は二つに分けて、積まれている。

「今日は、天草石を砕く、明日は網代石をやる。粉砕したものを水漉しして、素地としたうえで、この二つを混合するのじゃ」

これは、天草では目にしないものであった。天草焼は、陶石の一味（一種類）ですんだからである。

粉砕された石片が粗ければ、さらに石臼で細かく砕かねばならない。細粉化された陶石は、次に水槽にて漉される。浮水《うきみず》は数度にわたって棄てられ、攪轢《かくばん》して下に沈んだ陶石の細粉を濃縮して、さらに精選される。出来上がったものを素地という。これを乾燥してようやく磁器の原料となる。

ここで、二つの精錬された素地が七三の割合で調合される。これを融和するためには、この素地を踏んづけて、なかの気泡を脱かなければならない。土練りのことで、力仕事である。石の硬さによって、混じり合わないものを、何回も踏みつけると硬軟の石が混じり合って、均一になるのである。

音助は先輩として言った。

「素地が乾かねば、乾燥焼きをするところもあると聞いておる」

「なるほど」

民吉は納得した。

辰の刻（午前八時）、飯場に朝食が用意される。源兵衛親子三人と民吉の四人の会食である。ここでの世間話が情報として交換される。食事が終わると、当主仁左衛門夫婦と息子が出勤してくる。時に末娘の妙が出向いてくる。雑用係である。源兵衛と仁左衛門が当日の段取りを打ち合わせる。

作業場の奥に間仕切りされた一角がある。仁左衛門夫婦の仕事場である。釉薬や呉須の製造を当主が受け持ち、染付の絵付けは妻星《せい》の役目である。小助は、源兵衛らと同じく、蹴り轆轤の並列した広間で作業をする。轆轤は六基あった。以前からあったものであろう。

二月末、民吉は、仁左衛門から轆轤にての細工を命じられた。民吉の土作りは、一応認められたのである。仁左衛門はつけ加えた。

「何か意見はないかな、あれば遠慮なく言ってみられよ」

「まだ、窯焼きを見ていませんので、ほんとのところはわかりません。しかし、在庫の茶碗や捨場につまれた破片を見ると、もっと白く輝くようにできないものでしょうか」

「なるほど、よく気づかれた。ここに佐々での難しさがある。天草石と網代石の混合をいかにうまくするか、理論的にはある程度わかっているつもりであるが、問題は費用に関わる。費用は少なくしなければならない。ところが、網代石は天草石より仕入れが高い、しかも、網代石は手に入りにくい。なんとなれば、御用窯の三川内焼が、網代石の使用を優遇されて、我ら下々の窯は、そのお零《こぼ》れを頂戴する有様じゃ。もっとも、言いにくいが、わしは三川内の本家に頼んで、いくらかをまわしてもらえる。しかし何時、取りやめになるやもしれない。そこが弱身じゃ。瀬戸のお主にはわからんことじゃろう。日用の茶碗や雑器を作るわしらと、献上品を用立てる窯の身分の差じゃ」

仁左衛門は無興した。

「いつも、上物の土で、上物の器を作るは、陶工の望みなるも、実際はそうはいかない。おわかりか、生活がかかっておる。お客さま次第じゃ。大半はお百姓さんがお得意さんじゃ。こん人たちの好みに合わせにゃ、ならん」

民吉は思った。人の志向はさまざまであろう、しかし、その志向の中にも、なお向上を要すべきものがあるのではないか、それを現わすのが陶工の腕ではないか。

轆轤細工の仕事は、天草での経験もあり、順調であった。

六月、民吉が来て、最初の窯焼きが行われた。格別、珍しいものではない。民吉は、窯の中の素焼きの器の置き方、薪の投入量とそのくべ方を観察し、火炎の色合いを視ることに熱中した。窯出しの結果は良好であった。民吉の作ったものを含め、やや変形したものはあったが、欠品は一割にとどまった。

一つ、瀬戸ではやらないことがあった。薪のくべ方であった。窯内の出来具合によるものか、薪の量を際限なくくべる時と、制限する時があるのである。

窯出しのあと、仁左衛門は窯の前で祝杯をあげ、皆の労をねぎらった。そこで、民吉は尋ねた。仁左衛門は答えた。

「染付磁器は、焼き方によって、色が変わるのじゃ。つまり初めの炙《あぶ》り焚きが一定の温度に達すると、ここから先、空気の侵入を少なくして焼く責め焚きに入る。つまり、薪は不完全燃焼して、磁器の地肌に変化を起こす。磁器の表面は白いものはあくまで白く、時には少し青味を帯びてくる。磁器特有の清潔な純白を呈する。ところが空気が多く入りすぎると、地肌は黄色を帯び、上品さが欠けてくる。これを『酔う』という。そこのところの阿吽《あうん》の呼吸が肝要じゃ」

「阿吽の呼吸ですか」

「わかるかな」

「いいえ、わかりません」

「磁器の素地といえども、単一ではない。そこから、おのれの好みにあった色を生み出すのが、焼物師の仕事じゃ」

「まるで、神業ですね」

「ようう言うた、その通りじゃ」

民吉は、不意に「隻手音声」の公案を思い出した。隻手は双手ではない。双手は双手であることに縛られる。隻手には双手の縛りがない。別の自由がある。阿吽の呼吸が、民吉の研究心を刺激した。ぜひとも、見出さねばならない。それが「音声」である。

ほどなく、盆である。民吉は、音助の誘いを受けて、盆の説教を聞きにいった。目当ては、法事のあとの筑前の盲僧琵琶の興行であった。福本家から香と妙の二姉妹がついてきた。寺は源兵衛の檀那寺、浄土真宗の正福寺である。

琵琶の演奏になって、門徒居並ぶ本堂の前に、登場したのは若い盲僧であった。いな、女性であったのである。演題は『平家物語』の巻第一の妓王《ぎおう》であった。盲僧はまず前段の祇園精舎から入った。

祇園精舎の鐘の声、諸行無常の響きあり。沙羅双樹の花の色、盛者必衰の理《ことわり》を顕す、奢《おご》れる者は久しからず、只春の夜の夢の如し、猛き人も遂には滅びぬ、偏に風の前の塵に同じ。……近く本朝を窺ふに、承平の将門《まさかど》、天慶の純友《すみとも》、康和の義親《ぎしん》、平治の信頼《しんらい》、是等は奢れる事も猛《たけ》き心も皆執々《とりどり》なりしかども、間近くは六波羅の入道、前《さき》の太政大臣平《たいら》の朝臣《あそん》清盛公と申しし人の有様、伝へ承るこそ、心も詞《ことば》も及ばれね。

盲僧の声は、ある時は澄み、ある時はたけだけしく、みなぎり渡っていく。そして本題に入る。

太政の入道は、加様に天下を掌《たなごころ》の中に握り給ひし上は、世の誹《そし》りをも憚らず、人の嘲りをも顧みず、不思議の事のみし給へり。譬《たと》へばその比《ころ》、京中に聞こえたる白拍子の上手、妓王・妓《ぎ》女《じょ》とておととひ（姉妹）あり。とぢと云ふ白拍子が娘なり。然るに、姉の妓王を入道相国《きよもり》寵愛し給ふ上、妹の妓女をも、世の人もてなす事斜《なな》めならず、母とぢにもよき屋《いえ》作つてとらせ、毎月に百石百貫を送られたりければ、家内富貴《ふうき》して、たのしい事斜めならず。……

ところが三年のちのことである。白拍子の上手がひとり京都に現れた。加賀の国の者で、名を仏《ほとけ》と称し、十六歳であった。京都の衆はかかる舞の上手はまだ見たこともないとほめそやした。仏はある時広言した。われは、天下に聞こえたれども平家の太政入道どのに召されることこそ、本意なりとして、入道の西八条殿へ参上した。入道はこれを聞いて怒った。なんでさような遊び者は、召されてこそ参るものなるぞ。会うことはまかりならん、と拒絶した。

妓王はこれを聞いて進言した。遊び者のことわりなしの推参は、常の習いである。すげなく返されては、不憫である。舞をご覧になさらず、歌をきかれずとも、ただ御対面なされて、おかえしになられれば、有り難き情けと申されましょう。

入道は、さこそと思い、車に乗ってかえろうとする仏を引き留めて申し渡した。妓王があまりにすすめるから、見参におよぶ。されば、折角である。今様ひとつを歌えと宣《のたま》った。仏は披露した。

君をはじめて見る時は　千代も経《へ》ぬべし姫小松　御前の池なる亀岡に　鶴こそむれゐて遊ぶめれ

……仏御前は、髪姿よりはじめて、眉目《みめ》かたち世に勝《すぐ》れ、声よく節も上手なりければ、なじかは舞ひは損ずべき。心も及ばず舞ひすましたりければ、入道相国、舞にめで給ひて、仏に心を移されけり。

入道相国は、妓王御前の申し状によって召されしことゆえ、早々に暇ねがいたいと仏が言うところを、強引に引き止めた。妓王がいるから、その様に憚るのか、されば妓王こそ、出してしまおう。仏は遠慮した、妓王御前を出されて、わらわ一人を召しおかれるならば、妓王御前の心中、いかばかり恥ずかしく、心痛のことでしょう。ぜひとも、かえしてくだされ。入道、これを聞き入れず、ついに妓王を放免した。

妓王は忘れ形身に一首を詠じ、障子に書きつけた。

萌《もえ》出《い》づるも枯るるも同じ野辺の草　何《いず》れか秋にあはで果《は》つべき

妓王は、入道から暇をもらったということを聞いた公家たちが言寄せて遊びに誘うのを断って、隠棲した。その翌年、入道の使者が訪ねてきた。仏御前が所在なくさびしがっているので、来て今様や舞など舞って慰めてくれ、とのあつかましい申し出である。妓王は心すまぬも、次の母の言に泣く泣く覚悟した。

世に定めなき物は、男女《おとこおんな》の習ひなり。況《いわん》やわごぜ（妓王）は、此の三年《みとせ》が間思はれ参らせたれば、有りがたき御情《おんなさけ》でこそさぶらへ。此の度召さんに参らねばとて、命を召さるる迄はよもあらじ。定めて都の外へぞ出《いだ》されんずらん。……

妓王は妹と白拍子二人、四人うち連れて西八条殿へ乗りつけた。そして、入道のつれない言葉に背くことなく、仏御前の前で涙ながらに今様を吟じた。

仏も昔は凡夫《ぼんぶ》也　我らも終には仏也　何れも仏性具せる身を　隔《へだ》つるのみこそ悲しけれ

そして妓王は二十一歳にて尼になり、嵯峨の奥山の山里に柴の庵を結び、親子ともどもに、念仏三昧の生活に入った。

その秋のたそがれ時、柴の庵の戸をたたく者があった。仏御前であった。妓王はあわただしく、仏御前を招じ入れた。仏御前は述懐した。

わらは（妾）、……わごぜ（妓王）の申し状によつてこそ、召し返されても侍ふに、女の身の云ふ甲斐無き事、我身を心に任《まか》せずして、わごぜを出《いだ》させ（追い出し）参らせて、わらはが推し留め被《な》られめる事、今に恥づかしう片腹《かたはら》痛くこそ侍へ。わごぜを出被《いだなさ》れ給ひしを見しに付けても、いつか又我身の上ならんと思ひ居たれば、うれしとは更に思はず。障子に又何《いず》れか秋にあはで終《は》つべきと書き置き給ひし筆の跡、げにもと思ひ侍ひしぞや。いつぞや又わごぜの召されて参らせて、今様を歌ひ給ひしにも、思い知られてこそ侍へ。その後は在所を何《いず》くとも知らざりしに、此程聞けば、加様に様《さま》をかへ、一所《ひとつところ》に念仏しておはしつる由、余りに羨《うらや》ましくて、常は暇《いとま》を申ししかども、入道殿更に御用《もち》ひましまさず。つくづく物を案ずるに、娑婆《しゃば》の栄花《えいが》は夢の夢、楽しみ栄《さかえ》て何かせん。人身は受け難く、仏教には遇ひがたし。この度泥梨《ないり》（濁った境遇）に沈みなば、多生広劫《こうごう》をば隔《へだ》つとも、浮かび上《あが》らん事かたかるべし。老少不定のさかひなれば、年の若きを頼むべきにあらず。出《いず》る息の入るをも待つべからず。かげろふ稲妻よりも猶はかなし。一旦の栄花にほこつて、後世《ごせ》を知らざらん事の悲しさに、今朝まぎれ出《で》て、かく成つてこそ参りたれ。

そして、仏御前は、かづきたる絹をうち除けた。見ると尼の姿にて丸坊主であった。

斯様に様を替へて参りたる上は、日比《ひごろ》の科《とが》をば許し給へ。許さんとだに宣《のたま》はば、諸共に念仏して、一つ蓮《はちす》の身とならん。

これを聞いた妓王は、仏御前の気持ちも知らず、怨んでいたのも、露と消え、「いざ諸共に願わん」とて四人一所に籠って、朝夕仏前に向かい、花香を供えて、皆往生の素懐をとげしとして、説教節は終わった。

琵琶法師は、脇に琵琶を置き、居ずまいをただしてから、指をついて礼をした。伏せた顔から汗がしたたりおちた。門徒らは、息をひそめ、静かに手をあわせて、返礼した。それから誰ともなく拍手が湧きおこった。

民吉は久しく余韻の中にいた。演技中の法師の姿は大きく見えたが、今はこじんまりとした尼法師である。民吉は目を閉じた。耳の中には、なお残響が響きわたり、その中に、琵琶法師の姿が、吸い込まれて消えていくようである。それは、芸と一体化した至芸の境地である。またとない不思議な感覚であった。

帰り道で、妙が言った。

「あねしゃん、なんかもう、かわいそうになったばい。こん人たちのような人もおらしたとが」

香は返した。

「世には、咎も恨みもなかと、仏さんのいうとらすとじゃろう。こころ次第じゃなかとね」

「ばってん、世の中、そげん仏さんのいうとらすごと、なるもんじゃなかとね」

「このひょうげもんが」

香は妙をたしなめた。

音助は、不意に民吉に耳打ちした。

「先日、天草から、石が送ってきたろう。そん時、船員が言うたことば、忘れとった。早岐で聞いたそうじゃ。三川内に薬王寺という寺があるそうじゃが、そこの坊さんが寺から追い出されたということじゃった。傘一本持たされただけの追放じゃったという」

「何故ですか」

「ご法度に触《ふ》れたからじゃ。三川内焼に余所者ば無断で雇わせたそうじゃ」

「そりゃ、また役所はきびしいところですね」

民吉は知らぬふりをした。こころ穏やかでなかった。

八月末には、轆轤細工の技量は最高に達した。一日に茶碗三百個を作った。九月になり、民吉は仁左衛門に呼ばれた。

「よう精進された。さすがは、瀬戸の職人だけのことはある。当地の者は細工が粗末にて、見習わねばなるまい。少ないが、賃金一日百文を差し上げることとする」

「はは、ありがたく頂戴いたします」

「そこでだ、先年より、わしら五人にて、窯焼きせしども、逐年《ちくねん》困窮がつのり、今は手前一人になってしもうたことは、ご覧の通りじゃ。これはわし一人の力量の問題ではない。尾州瀬戸にては、窯焼きの石、薪などもたくさんあることであろう、ついては、いっそのこと、ここを引き払って、瀬戸へ窯を移してはどうかと思案しているが、どうしたものかのう」

仁左衛門の口振りは真剣そのものである。おろそかに答えることはできない。

「とても、手前どもが口を挟むことではございません」

「そうであろう、しかし、思い付きではない。つらつら考えあぐねてのことである。よく考えてくれ」

「それでは、申しあげます。瀬戸にても、状況は同じでございます。御用窯ではありませんが、窯元の一子相伝と永代轆轤一挺の制度をもうけられました。そして、これを利用できる者を、その子弟にまで、広められました。つまり、陶土専用の窯を本窯と称して残し、陶石専用の窯を新窯と分類、主に新窯を若手の陶工に任せられました。しかし、なお自由ではありません。それは、窯が乱立すると、営業上、競争が起こり、収入が減って共倒れになってしまうからです。それに瀬戸でも、見かけだけで、陶業の諸色、資材、原料など、至って不都合であります。そんなことから、技術面でこれらをいかに補い、よき作品が出来ないものかと考えたあげく、この手前が、このように勉強に遣わされたわけであります」

「なるほど」

「この地では、この地にふさわしいよき品をお作りになるべきです」

「そうか、相わかった。ついてはその方、ここに土着する気はないものか。であれば、わしがその方の引請人となって、面倒を見てもかまわん。されば、倅どもの助けともなり、励みともならん」

民吉は即座に答えられない。

「まだ修業中の身で、あまりにありがたきお言葉です。なお、修業させてくだされ」

「そうか。返事は今でなくてもよいぞ」

「それで、お願いがあります。少しは、私流に細工を工夫させていただきたく存じます」

「よかろう、望むところじゃ」

福本家の先代新左衛門安中の命日は、九月三日である。福本家では、この日は臨時休業である。死去が天明六年（一七八六）であるから、この年は二十回忌にあたる。その朝、福本家一家とそれに従業員一同は、そろって近くの福本家の墓に参り、献花焼香して礼拝し、その足で東光寺へ向かった。

本殿にて、呉峯太岳和尚の主導にて、安中こと法名一誉宗念信士の供養が営まれた。摩訶般若波羅蜜多心経が読誦され、ついで和尚の焼香礼拝があり、それから当主仁左衛門と、次々に一同が仏前に焼香礼拝した。その間、和尚の大悲心陀羅尼が唱えられる。

和尚の法話のあとは、お斎《とき》である。仁左衛門が父への感謝と従業員の支援への礼を述べ、そのあと、常にないことを言った。

「これから本家に参る。民吉を連れていく」

否応もない。

本家は三川内にある。佐々の小浦から船を仕立て、外海に出て、南航して大村湾に入り、早岐に着岸、そこからは徒歩である。本家に着いたのは、夕刻であった。本家の当主は斧右衛門である。仁左衛門より若い。

仁左衛門は引き出物を呈し、当主に挨拶した。

「福本御本家のご安泰を祝し、ひいては、当市の瀬窯への変わらぬご後援を幾久しく願い奉る」

そこで酒宴となった。冒頭、仁左衛門は民吉を紹介した。

「これなるは、我が市の瀬窯のかけがえなき陶工、民吉でござる。以後よろしくお引き廻し願いたい」

斧右衛門が民吉に声をかけた。

「それはまた、心強きことぞ。一献まいる」

「恐れ入りまする。いまだ未熟者、よろしくお願い申しあげます」

苦手でも受けなければならない。口に流し込み、すぐさま返盃する。

数度の盃の応酬と極度の緊張で、民吉はついに不具合いを申し出、控えの間に引きさがった。醜態であった。

翌朝、民吉は仁左衛門について福本本家の墓に参り、あとは窯の様子を観察して、帰りに茶碗一個を所望して、福本家をあとにした。仁左衛門とは、そこで別れた。昨年世話になった今村茂右衛門を訪ねるためであった。

茂右衛門は健在であった。民吉の雇用違反についても、お咎めはなかった。茂右衛門は民吉の質問に答えて言った。

「当事者のわしに、なんのお咎めもなかったことじゃ。まして、紹介されただけの薬王寺の和尚にお咎めのあろうはずがない。今でも元気にお経をあげてござる。思うに、これはためにする風聞であろう。江永山や木原山の藩用でない民間窯の者たちには、網代石の使用が認められておらん。時々、網代石が盗掘されるとの噂もある。また三川内の中でも、二男、三男のうちには、御用窯に縛られない、自由な新窯を開きたいと思うとる気配がある。そんなこんなで、この不満が、役所の取り締まりの厳しさを誇張して、風聞を流し、暗に批判しておるのじゃろう」

民吉は安心して、薬王寺に舜麟和尚を訪ねた。和尚にはご機嫌伺いということで会った。

「それはそれは、よかった。その後どうしておられるか、案じておったところじゃ」

「お蔭さまで、佐々の福本家にはよくしていただいております。和尚のお気遣いがなければ、今日はありません」

「それは祝着至極じゃ。焼物の出来具合はどうかな」

「どうやら、この地の土にも馴染み、これからであります」

和尚は、民吉を山門まで見送った。すると、境内の東側の土手に石祠があるのが目にとまった。

「これは、前からもありましたか」

「昔からあった社じゃ。秋葉神社という」

「昨年、お伺いした時は、なにやら気持ちが動転して、目にもとまりませんでした」

民吉は改めて、なにがしかの賽銭を投じ入れ、神の加護を祈った。

和尚の説明によれば、秋葉宮の因縁は次の通りである。

「この鎮守の神は、当寺二世賢外叟海《けんがいそうかい》和尚（享保十六年〔一七三一〕歿）の代に勧請されたものです」

もともとは、秋葉山の山岳信仰に発したもので、信州の修験者三尺坊を、没後秋葉三尺坊大権現として祀ったことに始まる。寛永二年（一六二五）、遠州大登山秋葉寺《しゅうよう》で内紛があり、曹洞宗の可睡斎《かすいさい》の助勢により寺社奉行によって、住職蘆月厳秀《ろげつげんしゅう》派に勝訴がくだされ、これを縁に可睡斎の末寺となった。三尺坊大権現の請願は、火伏せ、災害よけ、生業安心で、これが全国に広まった。民吉の崇敬する窯業の火の神であった。

ちなみに薬王寺六世玄珠舜麟は退院することなく、この翌年、文化三年（一八〇六）十月二日死去した。

三川内から帰ったあと、窯場には若干の変化があった。香は母の染付の仕事を加勢するようになり、そのうち、母は体調不良を口実に顔を出さなくなった。同時に民吉は、仁左衛門専用の作業場所の出入りを自由にされた。

一方、民吉は日常の轆轤細工のほかに試みることが多岐にわたった。多くは休日と営業時間後にそれは行われた。

細工ものでは、三川内から持ち帰った茶碗を目の前に置き、これを見本に薄手作りに挑んだ。その他、釉薬作り、陶枕《とうちん》、匣鉢《さやはち》、とんばい（窯焚き用煉瓦）作りなどと、習得すべき技術は枚挙にいとまがなかった。

休日には、頭陀袋を肩にかけ、市の瀬、佐々村の山野をめぐり歩いた。まず初めには、志方の砥石山に行き、砥石二個を調達、持ち帰ってこれを粉砕し、水漉しするも、目が粗く、粘土質に欠け、陶石としては物にならなかった。

あとは、山々の崖を見て回り、赤土を探した。あれば粉砕して、これも水漉しして、粘土分の含有量を検分した。

民吉は、網代石にかわる陶石が欲しかったのである。そして、ついに見つけたのである。市の瀬の北、神田の皆瀬というところの崖崩れの跡にそれはあった。そこの赤土と赤石とを持ち帰った。赤土と天草陶石とを混合して、素地とし、別に赤石を粉砕して、従来の釉薬に入れて溶解し、これを先の素地の試験片に掛けて、焼成した。

火入れは試験的に、酸化焔と還元焔の二度にわけて火力を案配した。

焼成の結果は、不満ながらも、不成功ではなかった。酸化焔の分には黄色が、還元焔の分には、薄く青色が見られた。民吉は愁眉《しゅうび》を開いた。

「あたかも、こりゃ黄瀬戸と瀬戸青磁じゃ」

あとは、調整にて精査し、完成を待つばかりである。しかし、青磁の器が出来ても、これは本命ではない。目標はあくまで染付磁器である。三川内にみられる純白の磁肌に、呉須にてこくのある藍色を発揚する染付をなすことである。この地では、呉須は中国産のものを使用するので、自作する選択の余地はなかった。

民吉は香に釉薬と素地の製法を尋ねた。釉薬は藁灰《わらばい》と柞灰《いすばい》の単なる混合である。素地は天草石と網代石の混合である。市の瀬焼として、磁器の地肌の純白と染付の鮮明化を期すためには、新たな手法が必要である。

まずは、新たな素地の調合割合と釉薬の要素となる複雑な灰の組み合わせの最適化が求められる。

十月になって、一つの機会が訪れた。仁左衛門の息子小助が伊勢参りに行くことで、その留守の間、一切の陶業を任されたのである。仁左衛門は言った。

「このお伊勢参りは、毎年、稲刈りも終わって、農作業の暇な間に、豊作のお礼参りに百姓が相集いて旅するものじゃ。いわば、慰安旅行なんじゃ。その間、窯仕事はお主に任せる。わしら夫婦も二村先の世知原《せちばる》に湯治に行くつもりじゃ。よろしく頼みまする」

轆轤細工や土作りなど、通常の窯仕事は源兵衛親子や妙らに任せ、民吉は、香を助手に釉薬作りに励んだ。

民吉は、尾張での津金奉行の磁器作りの講義を、記憶の底をさらい思い起こした。『陶説』のその三に「灰を練り釉を配す」の項目がある。

釉は灰無くしては成らず。釉灰は楽平県に出《い》ず。景徳鎮の南、百四十里に在り。青白石（石灰石）と鳳尾草《ほうびそう》（シダ類のうらじろ）とを以て製錬す。水を用いて淘細《とうさい》（水漉し）して成る。配するに白不《はくとん》（陶石を粉砕して水漉しし、泥土状にしたものを長方形の小枠に入れ成形したもの）の細泥を以てし、調和して、漿《しょう》（泥水）と成す。器の種類を案じ、以て加減を為して之を缸内《こうない》（かめの中）に盛る。曲木を用いて鉄鍋の耳を横貫し、以て滲注《しんちゅう》の具（釉を調合するために用いる道具）と為す。其の名を盆と曰う。泥十盆に灰一盆を上釉と為す。泥七、八に灰二、三を中釉と為す。若し平対《へいつい》なるか、或は灰多ければ、下と為す。

泥十に対して灰一の割合を上等の釉としている。要は白不の泥と釉灰を別々の缸《かめ》に入れておいて、これを調合するのに鉄鍋を用いるようなものであろう。

民吉は考えた。

この地では、灰釉の原料として最も良質のものは柞《いす》の木である。これはこの地では産しない。日向《ひゅうが》が主産地である。よって買い入れ値段が高い。地元で調達できる物は、藁灰と自生するシダ類である。

よって当面、手近なものから手当てするならば、藁灰とシダ灰、それに天草石の三要素の組み合わせで、調合を試み、都合により、さらにこれに加えて、柞灰と、地場の赤土を混合するなど、可能性を試みた。

香の役目は、素焼きした素地に染付をし、釉薬をかけることである。香は冷却後の素焼きされた器の地肌をやわらかい布切れで丁寧に空拭きし、それから轆轤台にのせて、輪の模様や、草花の線描をする。

「どうして布切れでぬぐうのですか」

民吉が疑問を呈した。

「どうして」と言いかけて、香は言い足した。「教えられた通りにしています」

「なるほど」

「こうすると、染付はよくできるように思えます。三川内焼からの言い伝えでしょうか」

「そうでしょう、いらぬ細かな粉末が地肌にこびりついていますからね」

「絹が一番よいと聞いています。けど絹は高くて手が出せません。木綿のやわらかなもので辛抱です」

民吉はその効果は別として、ここに香の優しさを感じた。

「三川内焼では、網代石を使っていますね」

「ここでも使っています」

「やはり上物と下物は違いますか」

「違います。父御《ててご》は絶えず言っております。上太白は献上用じゃ、中白はお金持ち用じゃ。お百姓さんは、下白しか使われん。誰だってよかもんば使いたかろうに」

「仰る通りです」

民吉は、染付のすんだ器に釉薬をかけることを自分の手で試みた。そして窯明けである。出来具合は、見た目にもひどいものであった。原形をとどめず、いわゆる流れたのである。素地が窯内の高温度に耐え切れなかったのである。しかし、めげることはない。その結果を書き留め、次の調合に期した。

同様の試験片を窯の二間に分けて設置し、二間に投入する薪の量を調整し、一方に適当と判断される火度を保てるよう適当の焚き物を、別の間にはより多くの薪をくべて、温度差を設けた。予想はあたった。適当とする間の製品に不良品が少なくなったのである。

こうして、素地については、上物は天草石六と網代石四の割合、釉薬は灰四合の割合。中物は天草石五と網代石五、釉薬は灰五合の割合。中下物は天草石四と網代石六、下物は天草石一網代石九の割合とし、釉薬については灰六合の割合とするなど、基本的な分類を行った。

灰の合わせようは、天草石、柞灰、藁灰、シダ灰、穀殻《こくがら》灰、土灰（雑木灰）の六要素を、好みに応じて配合し、これを、上物用から下物用へと等級化する。例えば四合は、天草石、柞灰、藁灰、シダ灰という具合である。

最後の課題は、窯の温度と素地器の窯内での設置場所である。窯の間の前部、中心、奥の部分にて、火炎の到達次第で温度が変化し、温度差が出る。この見極めが必要である。

民吉の頭の中は、火炎の色合いに満たされた。

その年最後の窯焚きは、十一月下旬であった。しかも、民吉が主宰する最初の窯焼きであった。炎との格闘であった。沈着さと狂気の一夜であった。窯明けまでの数日、眠れなかった。用もないのに、窯の前で終日過ごした。

月末、窯を開いた。通常の食器類の出来映えには問題なかった。別間の試作品は六分ほどの出来栄えだと自分で評価した。

民吉は、祝杯をあげ、皆の労をねぎらい、あとは皆に任せ自宅に帰り、有無なく眠りこけた。

ふと、目覚めた。人の気配がする。見ると枕もとに香の姿があった。すでにして早い秋の暮で、部屋の内は暗い。

「お目覚めですか」

目の前に香の顔がある。

「お冷《ひや》の用意をしました」

枕もとに置いてある。

「お過ごしになられましたからね」

民吉は起き上がるなり、茶碗の水を飲みほした。

「そんなに、呑んだか」

「よいじゃございませんか、折角のお酒ですもの」

民吉は、かすかに女の匂いをかぎとった。自然と手が動いた。腕を取られた香は抗わなかった。体の中を、炎が勢いよく燃えあがっていく。

「ゆるせ」

民吉の体は、香の肉体を捕え、二人して床に倒れ込んだ。炎は燃えさかった。二人の体が離れても、炎は容易に消えなかった。轆轤作りで荒れた民吉の指に、香の指がからまり、しばらくは離れなかった。焼かれたあとの冷えた素地を磨く布切れのやわらかな感覚であった。

十二月初旬、伊勢から小助が帰り、仁左衛門夫婦も長《なが》の湯治から帰り、窯元はもとの暮らしに戻った。仁左衛門は、窯の作品の出来映えを見て喜んだ。民吉はひとまず肩の荷をおろした。

猶予

文化二年（一八〇五）冬、東光寺で、江湖会《ごうこえ》が執行された。十月十五日から翌年一月十五日までの期間で、冬安居《とうあんご》とも言う。

安居とは、天竺《てんじく》（印度）では雨期にあたり、外の作業ができないので休養の時とされる。仏僧はこの期に乗じて、共同して室内での修行を始めた。これが中国にわたり、揚子江の南の洞底湖周辺で、青原行思《せいげんぎょうし》の門下の石頭希遷《せきとうきせん》によって盛んになったことから江湖会と称した。夏と冬の年二回執行された。

曹洞宗でも、夏と冬の二回、江湖会を行う。近隣の若年の僧を集めて合同の修行をするのである。内容は坐禅と看経と法談である、主に坐禅三昧の行である。参加者は僧俗を問わない。

ちなみに、曹洞宗は寺格を三等級に分けている。上位を常恒会地《じょうごうえち》、中位を片法幢地《へんほうどうち》、下位を随《ず》意会地《いえち》と言う。常恒会地は夏冬の年二回、江湖会を興行する能力と用意のある寺院である。片法幢地は、二年に一回の興行、随意会地は三年に一回の興行である。東光寺は平戸の瑞雲寺の末寺であるから、中位であったろう。

東光寺住職太巌は、結成にあたり、江湖会の首座に智海太語を指名、結制中の受戒会に助化として、天草の東向寺天中和尚をとくに招いた。助化とは住職の教化を補佐する者であるが、ここでは、受戒の師を勤めたことであろう。十二月八日が、本師釈迦牟尼仏の悟りを開かれた日、成《じょう》道会《どうえ》であるから、この日に前後して、天中和尚は、東光寺に来ていた。

民吉は、これを源兵衛から聞かされた。

「東光寺では、天草のえらか坊さんが来となさって、よか説教のあるがげな」

「天草の坊さんとは、なんといわれる」

「知らん」

「聞いてくれんね」

源兵衛は早速手回しをして、天草の天中和尚が、十二月八日の成道会に出席することを突きとめた。

同日、民吉は窯仕事を休み、寺へ行った。本堂へあがる。すでに三、四十人はどの者が、須弥壇に向かい、その右側に参列していた。左側に住職らが坐し、その後ろには黒衣の者が十余名控えている。江湖会の僧であろう。右側にいるのが檀家の者らしい。その末尾に民吉はおそるおそる着座した。

法要は太巌和尚の般若心経の読経に始まり、形通りに終わった。あとが法話である。太巌和尚が、天中和尚を紹介した。

やおら天中和尚は起立して、本尊に一炷《いっしゅ》を呈して、礼拝して、本尊の右前に着座した。

「本日、本師釈迦牟尼仏の成道日に際し、皆さまともどもに、ご供養を申しあげる機会を頂戴し、ありがたき仕合せであります。ご承知の通り、釈迦牟尼仏は、十九歳のお歳から、深山に入って修行され、三十歳にして大悟されました。暁の明星を見て成道されました。大地と有情《うじょう》が同時に悟ったといわれます。釈迦仏だけが、悟られたわけではありません。同じ人間として皆さまもご一緒に悟られることがここで証明されたのです。ここが大事なところです。それよりのち八十歳まで、王宮に帰らず、山林、精舎に住し、国土も領せず、衣は綿布の粗末なものを着て、生涯かわることなく、また一鉢《いっはち》に生を托し、日々遊行説法にいそしまれました。まさに浄衣乞食《じょういこつじき》の仏行でありました。

ここに我が曹洞宗開山道元大和尚が崇敬された、唐の古仏趙州従諗《じょうしゅうじゅうしん》和尚のお言葉を紹介します。ある時、趙州和尚が座下の禅僧に言われました。

『泥仏《どろぶつ》は水を渡らず、金仏は炉《ろ》を渡らず、木仏は火を渡らず、この意如何』

わかりますね、泥でつくった仏は水を通せば、こなごなになくなります。金でできた仏は、炉を通せば、溶けてなくなります。木で作った仏は、火にかければ、焼けて消滅します。わかりきったことですね、さて、これが問題です。誰かご発言はありませんか」

一堂しんとして答える者もない。

「では、申しあげます。泥も金も木も、物質です。仏とは何でしょう。物質でないことは確かです、一つ言えることは、物質は着飾ったものです。泥で作った仏が粗末で、金で作った仏が上等といえますか。仏にかわりはありません。仏は心です。心は信心です。目に見えず、形もありません。よって、水に溶けず、炉に焼かれず、火にこげないものです。これこそが、私どもが保持しなければならないものです。本日の法話はこれで終わります」

その夜、民吉は天中和尚を寺の客間に訪ねた。天中和尚は頰笑みながら言った。

「少し痩せたようだが、修業は進んでおるかのう」

「お蔭さまで、無事つとめております」

「それは重宝。して何か聞きたいことでもあるかな」

「本日のご法話、ありがたく聴聞いたしました。しかし、手前にとっては、むつかしゅうございました」

「して、どんなところかな」

「金仏、炉を渡らず、というところです」

「なるほど、拙僧はわかりやすく説いたつもりじゃが」

「和尚は、そういうおつもりでも、素人の手前どもにとりましては、無理であります」

「そうかな。あの言葉のあとに、趙州和尚はこんなことを言っとる。『真仏、屋裏《おくり》に坐《いま》す』。屋裏とは家の中との意であるが、わしら自身の内でもある。木の仏は、炎に焼け散っても、この内にある真の仏は、破れもせず、壊れもしないで居られるということじゃ」

「手前はこう考えました。手前は焼物師です。もしも手前の作る磁器に仏ありとせば、火を渡れましょうや」

「火加減じゃ、火の案配じゃ」

「この場合、仏は形あるものでなければ、磁器仏とはいえません」

「問題が、大きくなったな。磁器仏は目に見えるもの。磁器は溶ければ磁器とはいえぬ。磁器仏とて同じじゃ。して火は誰が案配する」

「人間です」

「そうじゃろうか」

「そうです」

「お主はわかっとらん」

「何故でしょう」

「火は火そのものが支配しておるのじゃ、人間は勝手に自分が決めておると思い込んどるだけじゃ。人間は火に手助けするだけじゃ。あるところまで環境を調えるだけじゃ」

民吉は黙りこんだ。

「その先は、炎次第じゃ。念じるものじゃ。念じなければ、仏はあらわれん」

「はい、考えます」

ほかに言う言葉がない。話題を変えた。

「実は、つい最近、福本どのの息子小助さんが、伊勢神宮参りに行かれ、その留守の間、手前に窯仕事の全てを任され、どうやら責任を果たすことができました。よって、手前としてはこれを潮時と考え、福本どのの厚恩を謝し、お暇をいただきたいと申し出ましたところ、福本どのは、これをお聞き入れになりません。どうしたものかと案じているところであります」

「福本どのが、反対される理由は何じゃ」

「すでに、お主を自分の右の手とも頼っておるのに、出ていかれれば、この窯元の存立も危うくなる、と申されました」

「そこまで信頼されたのは、お主の努力のたまものであろう。して、お主としてはどうしたいのじゃ」

「瀬戸を出まして、はや二年、ここ佐々にてほぼ一年、いつまでも安閑と過ごすわけにいきません」

「では、お主は、修業は終わったと考えておるのじゃな」

「はい、ほぼ終了しました」

「ほぼ、とはどういう意味かな」

「ここでの、という意味です」

「では、佐々では終わったが、なおその他に残したものがあるということかな」

「ご考察の通りです」

「されば、お主は瀬戸で任された磁器物焼の極意を究めるまでは、修業はやめるわけにいかん。それを全うするために佐々を去るというならば、それはそれで結構じゃ。しかし、ここまでお主の面倒を見てこられた福本どののご厚恩を忘れてはいかん、よいな」

「はい、充分心得ています。ついては、お願いがございます。和尚が天草へお帰りになられてから、お手数ですが、手前宛てに、よんどころなき理由により瀬戸から帰ってくるようにと、依頼があった旨のお手紙を、親方宛てにくだされますよう、お頼み申しあげます」

天中和尚はしばし思案した。

「よかろう、このほかに、他意がなければ、そうして進ぜよう」

「ありがとうございます。お手紙頂戴の上は、天草へ戻ります」

民吉は天中和尚の恩情に深く感謝した。

天中和尚からの書状が東光寺の使僧によってもたらされたのは、歳末であった。「佐々在民吉気付、福本仁左衛門殿」とあった。直ちに開封せず、書棚にしまった。翌年正月、松の内が明けて、民吉は窯元に申し出た。

「天草の天中和尚からのお手紙です。ご覧いただきますようお願いいたします」

「開いてもよいのかな」

「どうぞお願いいたします」

目の前で開封され、仁左衛門は眼をほそめて読み下した。仁左衛門の顔がこわばっていくのが見てとれた。

仁左衛門は書状を民吉の前に広げて言った。

「天草へ帰るようにいわれておる。なんとなれば、その方の国元から帰国せよとの伝言のようじゃ。また、天草の皿山でもその方の帰りを待ち望んでいるとの由である」

「はは、有難く何と申してよいやら、言葉もございません」

「先日も申した通り、わしは、これから先のことはその方を中心に窯焼きするつもりであった。なるべくならば、末長くここに居続けてもらいたい気持ちに変わりはない。どうかこの通りじゃ」

仁左衛門はふかぶかと頭をさげた。

民吉は、仁左衛門の思いを充分感じながらも、すぐに回答できなかった。しばらくの猶予を乞い、退席した。

数日後、夜分香が訪ねてきた。予想されたことである。香は対座しても容易に物を言わない。じっとみつめるばかりである。

民吉はようやく言葉をかけた。

「お父上から聞いたのですね」

香はうんと、頷いた。眼には光るものがある。天中和尚が言った言葉が、急によみがえった。

「他意がなければ進ぜよう」、その他意である。和尚はすでに、お見通しである。その他意はあってはならないのである。民吉はこらえた。

「私には、役目がある。わかってほしい」

香は健気に答えた。

「わかっております、しかし、辛ろうございます」

「辛ろうしたのは、この私である。こらえてくれ」

「いえ、これははじめから、わかっていたことです。私が、悪いのです」

民吉は香の手をとって、その掌に触れた。その手は素焼きした磁器の肌を愛撫するあの香の掌である。すると、はじけるように香の目から涙が零れ落ちた。民吉は、こころの鎧《よろい》が破れるのを感じた。両の手が無意識に香の体を抱き、両人の頬がすりよった。有無はなかった。感情の堰が切れ、民吉はしばしその奔流に巻き込まれた。


二日後、民吉は、仁左衛門に回答した。

「忝《かたじけな》きお言葉、天中和尚のご依頼ですが、事情を述べてお断りして延期のご返事をし、これまでのご指導のお礼を含め、ここ皿山に一年を限りに、ご指示に従います」

「そうか、それはありがたい」

「申し訳ありません。それにつき、申しあげたいことがあります」

「何なりと言うてくれ」

「これから一年、手前におきましては、小助どのを中心に窯仕事をしていくは当然のこととして、手前なきあと、この窯が手不足になるは必定と思われます。よって、適当な手伝人をこれからみつけられることが肝要かと思います。もし、そのようにできるならば、その手伝人に対して、できるだけ手前の技を教え込みたいと存じます。それが福本家ご安泰の策かと、思われます。こう言うのも、口はばったいことでございますが、手前が余所者であったことで、ここの窯に刺激を与え、出来映えも良くなったとするならば、ほかの窯元から手伝人を呼ばれることも、将来のためかと思われます。あえていえば、あとを継がれる小助どののためかとも、愚考いたします。よって、その分、手前にいくらかの時間の余裕をいただければ、幸いに存じます」

仁左衛門は了解した。香のことには一言も触れなかった。民吉も同様である。窯仕事での、香の民吉への手伝いも元のままであった。

民吉は、以前に増して、研究に励んだ。製品の多様性を図ることと、販路の拡大である。さしあたって地元の陶土による青磁の製品化である。民吉はなお、陶土の焼物の重厚な趣にも捨て難い魅力を感じていた。販路の拡大については、小助と相談して、正福寺での春秋の彼岸と盆の説教に合わせて、寺の参道で臨時の市を開き、その出店で焼物を安価で販売することを策した。

二月末になって、窯場にあらたに陶工が参入した。仁左衛門が紹介した。

「三川内の木原山の三吉というご仁じゃ。木原山の椎葉どのに頼んでいたところ、そこの弟子である三吉が応募してくれた。これから身内同様に世話してくれ。当面民吉どのに面倒を見てもらう。よろしく」

三吉が挨拶した。

「三吉と申しやす。よろしくたのんます。歳は二十五で、独身です」

三吉はずんぐりした体をおしまげて、おどけてぴょこんとお辞儀した。皆笑って迎え入れた。

民吉が三吉に興味を抱いたのは、その経歴であった。民吉は根掘り葉掘り、木原の窯場のことを聞き出した。染付についてはさほどかわったことはない。しかし、素地については、意外なことがあった。市の瀬では、染付前の素地は当然のこととして、陶石を用いている。ところが、木原ではまだ陶土を使っているという。三吉はこともなげに言う。

「わしらの窯は、唐津焼の流れじゃけん、今でも土で焼いとります。もっとも、なかには、陶石と陶土をまぜて焼いとるところもあり、また陶石ばかりで焼いとるところもあります」

「陶石はどこの産であろうか」

「天草、それから波佐見の三つ股の陶石です」

「針尾島の網代石は使っていないのかな」

「へい、網代石は、役所では御用窯の三川内だけに使わして、ほかのところにはご法度です」

「なるほど。して、お主は、土ものの素地で焼いていたわけかな」

「そうです」

「その時は、陶石は使わないわけだ」

「いえ、そうじゃありません、陶石は釉薬に使います」

「それでは、磁器用と同じではないか」

「そうです」

「本当か」

「それで出来ます」

「呉須も同じか」

「はい」

「よかろう、お主に任せる。ここの土で、一遍焼いてくれ」

「しかし、わしは親方から、佐々で磁器焼きば習ろうてこい、といわれて来ております」

「心配するな、あとで、ゆっくり教えてやる」

窯は磁器用で、一つしかなかったので、民吉は同窯を磁器用と陶土用と、二様に使うことにした。磁器と陶器では焼成温度が異なる。もっとも、染付の絵は三吉の手にあるので、香の手を借りた。

民吉は実際に三吉の作業を工程ごとに観察した。赤土を粘土化し、素地を作る。それを焼き、その素焼きした表面に、粉末化した天草と白土を混合して泥漿《でいしょう》し、化粧掛けする、もしくは刷毛で塗る。乾燥後、呉須にて草花文を描き、灰釉をかけて焼成し、出来上がる。

試験的に十数個を作った。三吉は時に解釈した。

「なかには、素地に生掛けするものもあるが、出来上がりは素焼きしたものに化粧掛けする方が、間違いはなかです。問題は、ここの土に釉薬の調合がいかに合うかです。調合がむつかしかとです」

三吉は、数例、調合の割合をかえて試した。

完成するまでに二カ月を要した。出来映えは充分とは言えなかった。陶器の厚味は、磁器の細さに比べて厚くて重い、それは仕方がない。しかし、地肌が沈んだ淡青色を呈して、艶があり、まんざらではなかった。ふと民吉は思った。どこかで見たことがある。それは瀬戸である。同業の忠治の窯で見たようだ。その時は気がつかなかったが、佐々に来て磁器物を見る機会が増え、見る眼がかわったのである。陶土の素地に磁器用の釉薬をかけることによって、このように磁器に近い陶器の染付ができるのである。新たな発見であった。陶胎染付である。

民吉はさらに品ぞろえのため、茶碗や湯呑などのほか、鉢物、大皿や花瓶・酒瓶、さらには細工物では、大黒天像などと制作の幅を増やした。中級品から上級品へと品数は増えていった。

一方で、正福寺での彼岸法要に便乗した市《いち》の開催は、親方を通じ、市の瀬村の庄屋立石友右衛門に頼んで、佐々里村の庄屋松田勘六に了解を求めた。正福寺が里村に所在していたからである。

この催しは、経験のないことで、公道にての出店はむつかしかった。結局、恵定和尚の承諾を取り付け、寺の入り口の境内に仮小屋を設け、小浦の漁師と市の瀬の農家二軒の賛同を得て、催合《もやい》で出店した。

物珍しさもあって、焼物はよく売れた。民吉には二年前に見た長崎のおくんちの賑わいが頭の中にあったのである。

彼岸も過ぎ、盆を迎える頃には、磁器物を焼く三吉の腕は目立って向上した。木原での経験がよかったのである。

ある時、三吉が民吉に尋ねた。

「ここの焼物には、どうして銘ば入れられんとですか」

考えもしないことである。

「昔から、そうじゃからじゃろう」

民吉は横にいた小助に顔を向けた。小助は答えた。

「爺さんの代から今のままじゃ」

三吉は言った。

「ここの皿山の銘ば入れれば、宣伝にもなるっとじゃ、なかですか」

民吉は言った。

「品物さえよければ、使い手は数多《あまた》あるもんじゃなかね」

「ばってん、何の表示もなければ、三川内手の物は、三川内焼の物とまちがわれて、佐々の窯の名前は、一向に世に知れんのじゃなかですか」

「それはそうだが、ここの焼物の作り方が、三川内焼の物を技術で追い越してこそ、銘を入れる価値があるといえるとじゃないかな」

「それであれば、このまま三川内焼の真似ばっかりしては、いかんということです」

「そうじゃ」

「わかりました」

民吉は三吉の気概を好感した。

「いずれ、銘ばどれにも入れることです」

「それは、親方が決めなさる問題じゃ」

三吉は答えた。

「そん時は、俺の名ば入れます」

「それは、いかん。親方にゆるしを乞わんかぎりは、できんことぞ」

民吉は色をなして叱った。三吉は意外な面持ちで、頭をかかえて堪《こら》えた。


ほどなく、民吉は、三吉の仕事の腕があがったとして、仁左衛門に三吉に対する世話役の辞退を申し出た。出しゃばってはよくない、と思った。仁左衛門は了解し、小助に三吉を任せた。

すでにして、お盆である。皿山としては、春の彼岸に引き続き、正福寺に出店することにした。店の番は、説教に興味のない小助と三吉が受け持った。説教に参上したのは、民吉と小者の音助、それに香と妙、去年の筑前琵琶がよかったとの評判を聞いて、音助の両親が加わった。

型通り法要がすむと、興行が始められた。琵琶法師は去年と同じ盲目の僧である。演題は、『平家物語』の終わりの場面、灌頂《かんじょう》の巻であった。

大原寂光院《じゃくこういん》に隠棲した建礼門院徳子《とくし》を後鳥羽上皇が見舞いに訪れるところである。ちなみに徳子の父は平清盛、夫は高倉天皇、その子は安徳天皇で、この三人はすでに亡くなっている。後鳥羽上皇は高倉天皇の父である。

ひとしきり、後鳥羽上皇の行幸の演談があって、徳子が、自分の身の上を語る場面に入る。

女院（徳子）重ねて申させ給ひけるは、我が身平相国《へいしょうこく》（清盛）のむすめとして、天子の国母《こくぼ》となりしかば、一天四海は皆掌《たなごころ》のままなりき。されば、礼拝の春の始めより、色々の更衣《ころもがえ》、仏名《ぶつみょう》の年の暮、摂録《せつろく》以下の大臣公卿《くぎょう》にもてなされし有様《ありさま》は、六欲《よく》四禅《ぜん》の雲の上にて、八幡の諸天に囲遶《いにょう》せられ侍《さぶら》ふらん様《よう》に、百官悉《ことごと》く仰がぬ者や侍ひし。

……さても、寿永の秋の始、木曾義仲とかやに恐れて、一門の人々、住み馴れし都をば、雲井の余所《よそ》に顧みて、故郷《ふるさと》を焼野が原とうちながめ、古《いにしえ》は名のみを聞きし、須磨より明石の浦《うら》伝《つたい》、さすが哀れに覚えて、昼はまんまんたる大海に、浪路を分けて袖を濡らし、夜は洲崎の千鳥と共に泣き明かす。……凡そ人間の事は愛別離苦・怨憎会苦《おんぞうえく》・四苦八苦、共に一《ひとつ》として我が身に知らされて残る所も侍はず。さても筑前の国太宰府《だざいふ》とかやに著いて、少し心を延《の》べしかば、惟義《これよし》とかやに、九国の内をも追い出され、山野広しと云へども、立ち寄り休むべき所もなし。

……一の谷を攻め落とされて後、親は子におくれ、妻《め》は夫に別《わか》る。

……かくて門司・赤間・壇の浦の軍《いくさ》、既に今日を限りと見えしかば、二位の尼（徳子の母・清盛の妻）、泣く泣く申し侍ひしは、此の世の中の有様、今はこうと覚ゆる也。今度の軍に、男の命の生き残らん事は、千万が一も有り難し。縦《たとい》又、遠き縁《ゆかり》は自づから生き残る事有りと云ふとも、わらはが後生弔《とぶら》はん事も有り難し。昔より女は殺さぬ習ひなれば、如何にもして存《なが》へて、主上の御菩提を弔ひ、我等が後生をも助け給へと、申し侍ひしを、夢の心地して覚え侍ひし程に、風忽《たちま》ち吹き、浮雲厚く靉《たなび》き、兵共《つわものども》の心を迷《まど》はし、天運尽きて、人の力にも及び難し。既にこうと見えかば、二位の尼先帝（安徳天皇）を抱きまいらせて、舷《ふなばた》に出《いで》し時、（安徳天皇）あきれたる御有様にて、そもそも尼前《あまぜ》、我をば何地《いずち》へ具《ぐ》して行かんとするぞと仰せければ、二位の尼、涙をはらはらと流いて、稚《いとけな》き君に向かひまゐらせて、君は未だ知召《しろしめ》され侍《さぶら》はずや。先世《ぜんせ》の十善戒行《じゅうぜんかいぎょう》の御力に依つて、今万乗《ばんじょう》の主とは生まれさせ給へども、悪縁に引かれて、御運既に尽きさせ給ひ侍ひぬ。先づ東に向はせ給ひて、伊勢太神宮を伏し拝ませ御座《おわしま》し、その後西方浄土の来迎《らいこう》にあづからんと、誓《ちか》はせ坐《おわしま》して、御念仏侍ふべし。

……様様《ようよう》に慰め参らせしかば、山鳩色《やまばといろ》の御衣《ぎょい》に鬢《びん》づら結《ゆ》はせ給ひて、御涙に溺《おぼ》れ、些《ちいさ》う厳《うつく》しき御手を合はせ、先づ東に向かはせ給ひて、伊勢太神宮に御暇《いとま》申させ給ひ、その後西に向はせ給ひて、御念仏有りしかば、二位の尼、先帝を抱き参らせて、海に沈みし有様、目も暮《くれ》心も消えはてて、忘れんとすれども忘れられず、忍ばんとすれども忍ばれず。かくて生き残りたる者共の、喚叫《おめき》びし有様は、叫喚《きようかん》・大叫喚・無間《むげん》・阿鼻《あび》、焔《ほのお》の底の罪人も、是には過ぎじとこそ覚え侍ひしか。

この安徳天皇の入水《じゆすい》の場はことのほか聴衆の心をうち、かきならされた琵琶の音に、皆寂《せき》とし
て、言葉もなかった。かくて、場面は最後にさしかかる。

かくて女院は、空《むな》しう年月を送らせ給ふ程に、例ならぬ御心地《おんここち》出来《いでき》させ給ひて、打ち臥させ
給ひしが、日頃より思召《おぼしめ》し設《もう》けたる御事なれば、仏の御手《みて》に懸けられたりける五色の糸をひか
へつつ、南無西方極楽世界の教主弥陀如来、本願あやまち給はずば、必ず引接《いんじよう》し給へとて、御
念仏有しかば、大納言の佐《すけ》の局《つぼね》・阿波の内侍《ないし》左右に侍ひて、今を限りの御名残りの惜しさに、
声々におめき叫び給ひけり。御念仏の御声やうやう弱らせ坐《まし》しければ、西に紫雲《しうん》たなびき、
異香室《いきよう》に満ちて、音楽空に聞こゆ。限りある御事なれば、建久二年二月中旬に、一期《いちご》遂に終は
らせ給ひけり。

帰り道、妙は筑前琵琶の余韻さめやらず、香に言った。
「むごか話ばってん、いつ聞いても琵琶の音はよかね」
「そうたい、どこがよかね」

「琵琶もよかが、話もよか。昔のお武家さんな、なんておとろしか（恐ろしい）、ことね」

「お武家さんばかりじゃ、なかろうもん」

「そうじゃ、女もそうたい」

音助の母が横から言った。

「女は、三界《さんがい》に家なし、というとる。男についていかにゃならん。いかに栄耀栄華を誇るとも、無常には勝たれんとよ」

「ばってん、あん人たちゃ、戦《いくさ》で死んどらすとよ」

「それも、無常たい」

「今は戦もなかばってん、無常じゃろうか」

「そうたい、今でん、いつ戦があるかわからんとじゃ」

「じゃ、戦のなか時、よかこつばせにゃならんとね」

「そうじゃなか、寺の坊さんが、言うとらす。四苦八苦、この世は愛別離苦じゃと、逢うは別れの始めじゃと。ばってん、阿弥陀さんが、助けてまもってくださる。忘れんこっちゃ。こん琵琶も説教節じゃ。おろそかに聞くもんじゃなかとじゃ」

「やぐらしか」

香は妙を嗜《たしな》めた。

「そんなこと、言うてはなりません」

妙は首をすくめた。

盆の出店の販売は好成績であった。店の後始末のあと、慰労会の席で、三吉が遠慮なく言った。

「こん調子なら、別にどこか出してみると、よかなかな」

小助もこれに乗った。

「そうすりゃ、余計売れろうばってん、作るとが間に合わんごとなるかも知れんばい。どうな、民吉どん」

「今までは、在庫がかさなって、売り物の心配はいりませんでしたが、手広くするには、作り手が余計いりますな。計画倒れにならないよう、算段がいりましょう」

「それも、そうじゃ」

小助は思案した。

折しも、正福寺の門徒から情報が入った。隣村の相神浦《あいこうら》の金照寺の門徒が、佐々の正福寺での盆興行に付帯して焼物市が開かれて、好評である旨を聞き、相神浦での焼物市を望んでいるというのである。これを源兵衛から聞いた小助は乗り気になった。

小助は源兵衛を連れて正福寺の恵定和尚に会い、出店の意向を金照寺へ伝え、その仲介を依頼した。恵定和尚に異存はなかった。

秋の彼岸といえば、すぐ目の前である。準備は大わらわであった。久方ぶりに皿山一丸となって、製造に励んだ。

その日の当番は、佐々組が、三吉と香・妙の姉妹、相神浦組が小助と民吉と決まった。

彼岸入りの前日、小助・民吉両人は、伝馬船を頼み、佐々港から相神浦港へ、売り物を搬送した。仮小屋も建てねばならない。ついで、東光寺太巌和尚の紹介状を持って洪徳寺へ挨拶に赴いた。住職は十九世本応道護である。道護和尚は歓迎した。

「それはそれは、商い盛かんなこと、重畳じゃ。直接、支援はできないが、同じ曹洞宗の檀家のことじゃ、陰ながらご援助申しあげよう」

出店の成績は上々であった。小助の喜びは一様ではなかった。自分の裁量で成功したことが、自信につながっていくようである。ところが一つ問題が発生した。ある買い物客が、民吉に尋ねた。

「あんたたちは、佐々の者ね」

「そうです」

民吉は訝った。それを見て客は、油壺の裏側を見せた。

「そら、ここに書いとらす」

高台の裏面に、文字がひらがな模様の崩し字で記してある。「ささにて」と読める。

「それは、気がつかず、失礼しました」

あとで、民吉は小助に質《ただ》した。小助も知らなかった。

「佐々の皿山の宣伝になるなら、よかろうもん」

さほど気にするでもない。調べると、在庫の品に数点同様のものがある。思い当たるのは、三吉である。

皿山に帰ってから民吉は、三吉の仕事振りを注意深く観察した。しかし、実態は容易につかめない。窯入れになって、三吉が轆轤作りをした作品に染付をしたものに限って見てまわった。数個を発見した。小湯呑茶碗の高台の裏面に、三吉の文字を横に三連して模様化したものがあった。

民吉は、三吉を呼んで、その一個を黙って示した。三吉は無興して言った。

「これがどうかしたとですか」

「ご覧の通り、お前さんの仕業じゃろう」

「そうです」

「親方は、ご存じか」

「ご存じか、と聞いている」

三吉は答えない。

「いえ」

「いつぞや言ったはずじゃ。親方に相談するようにな」

「はい」

「相神浦では、油壺に『ささにて』と書いたものがあった。佐々はここの地名であるから、宣伝といえば理屈は通る。しかし、『三吉』とあれば、これはお前さんの自己宣伝じゃなかかね」

「そうでしょうか」

「そげんして、自分の名前をあげたいのか。気まぐれとは言えんぞ」

「それでは、言わしてもらいます」

「なんなりと言うてみよ」

「なんでもよかですか」

「そうじゃ」

「民吉さんな、福本のお香さんば、どう思うちょられますか」

「どういうことか」

「民吉さんな、お香さんと出来てござる、とわしは見とります。折々、お香さんが民吉さん家から、夜目にまぎれて、帰らるっとば見たことがあります。わしは、人の色恋をとやかくいう気持ちはありまっせん。ばってん、お香さんのことは別です。民吉さんな、お香さんば騙《だま》くらかして、市の瀬焼の秘密ば盗んどらすとじゃなかですか。そのあげくは、今年の末には、瀬戸へ帰らるっとでしょう。そん時、お香さんばどうされるおつもりですか。瀬戸まで連れて行かれるとですか。もし、連れて行かれんならば、民吉さんな、本当の盗人じゃなかですか。それこそ、わしが気晴らしに自分の名前ば茶碗に書き込むことに比べれば、大事じゃなかですか」

民吉は返答に窮した。おもむろに答えた。

「わかった」

「では、どうされるとですか」

「その前に、一言いうておく。手前が、この皿山の秘法を盗んだというのは誤解である。ここに来て、皿山の全てを知りたいと思ったことは当然のことである。手前は、見よう見まねで、多くを学んだ。わからないところは聞きもした。親方は手前を自由にしてくれた。感謝に堪えない。そこで最後は自分で考えた。この窯にはとくに磁器焼きの秘法はない。長年培われた技術の修錬の善し悪しがあるだけじゃ。それ以上はこれからのことじゃ。誰かにとやかくいわれる筋合いではない。結果はいずれわかるじゃろう」

「わしが親方にいうても、よかということですか」

「弁解はせぬ。好きにされよ」

ほどなく十二月となった。同月八日は、東光寺での成道会である。昨年につづき、民吉は出席した。布教師は東光寺東堂大柱隠居であった。大柱は釈迦仏の悟りについて、語った。

「今日のこの日、お釈迦さまが暁に明星《みょうじょう》を拝まれてお悟りを開かれたのは、皆の衆ご存じの通りである。この時、皆の衆も、悟りを開いたのじゃ。これを同事現成という。なんとなれば、人間が仏になったのは、お釈迦さまが初めてじゃからである。以後、人間である皆もお釈迦さん同様に、仏になったのじゃ。ところが今、皆は自分が仏になったと、思うておるものが、ここに何人いるじゃろうか。仏にならなかったものは、自分が至らないからじゃ。

無常頼み難しといわれる。無常忽ちいたる時は、国王も大臣も、親昵《しんじつ》（なれ親しむ者）も従僕も、そして妻子も珍宝も、助けはしない。ただ独り黄泉《よみ》（死の国）に行くだけである。

そこでだ、ある人が、指さして月の在処《ありか》を教えた。ところが皆は、その指ばかりをみて、一向に月を見ない。ある人が疑問を呈した、わしは指で月を示したのに、何で指を見て、月を見なのか。空に雲がかかっておったのか、そうじゃない。目が曇っていたのじゃ。指は月ではない。月こそ、見るべきものじゃ。あとは皆の衆、とくとご勘考あれ」

見るべき月とは、自分にとって何かが、課題である。

頃日《けいじつ》、民吉は仁左衛門に申し出た。横には小助が着座していた。

「お聞き及びでありましょうか、三吉どののことです」

「三吉のこととは」

「三吉どのが、ここの焼物に自分の銘を入れていることです」

「知らぬ。知っておるか」

仁左衛門は、小助に声をかけた。小助は答えた。

「いつぞや、相神浦で売った油壺に、『ささにて』とか、銘ば入れとったことは見ました」

「そうか、して、民吉どん、それがどうかしたのか」

「手前が三吉どのに注意をしましたが、本人は気にもとめません。ところが最近は、『三吉』と自分の名を銘に入れるようになったようです。これは、市の瀬焼の面目にかかわることで、容易に認め難いことと存じます。親方のご判断を仰ぎたく申し出た次第です」

「小助はどう思うか」

「はい、『ささにて』であれば、さほど、とやかく言うものでもなかばってん、『三吉』の名ば入れることは問題と思う、売名行為じゃなかとね」

「茶碗に窯元の名を入れることは、今までなかったことじゃ、御用窯であれば、お役所のなさることゆえ、わしらは憚りあって、思いもつかぬことであった。要は、その名に恥じぬ焼物を作ることじゃ。小助よ、お前の代には、名を入れられるよう、踏ん張ってくれ。これで、よいな、民吉どの」

「はい、親方の仰る通りです。して、三吉どのへ、その旨お達しくだされ」

「小助から、言いつけようぞ」

「はい」

小助は頷いた。

「して、ほかに何か言われることはないかな、民吉どの」

「手前事《ごと》で、申し訳ないことですが、申しあげます。手前とお香さまのことです。三吉どのより、お聞き及びと存じます」

「聞いておる。してそのことはまことか」

「本当であります」

「されば、どのようにされるおつもりか」

「手前の無調法のいたすところ、いかなるご処置にも、親方のお咎めに従います。この通りです」

民吉は、深く頭を板の間にこすりつけた。

「民吉どの、ここ二年近い間、この貧弱な窯をよく支えてくれたことは有難いと心得ている。しかし、これとお香のこととは別じゃ。これは、お主とお香の間のことじゃ、よって二人で、とくと話し合われることじゃ、しかしわしは、お香をお主に嫁にやっても、瀬戸にはやらん。これだけは言っておく。小助は知っておったのか」

「はい、うすうすは知っとりました。なんとなれば、三吉がおれに言ったことがあります。お香が好きでたまらん、なんとかならんじゃろうかと」

「して、どう言うたのか」

「何も言いません。あとで、親父から三吉の告げ口を聞いた時、おれは、三吉はお香に横恋慕しておって、民吉どんに嫉妬しとると思うとりました」

「そうか、わしには、一向にわからんことじゃな」

仁左衛門は嘆息した。民吉は申し出た。

「親方のご厚恩はかたじけなく存じあげます。いずれご報告申しあげます。しばらくご容赦くださいますよう」

次の休日に民吉は香を誘い、家を出た。格別に行くあてもない。佐々川の沿道を下る。途中、右に折れる枝道がある。坂道となった。ほどなく、左手に石段があって、その参道の先は寺である。真言宗泰邦寺《たいほうじ》である。ここは昨年、民吉が陶石を求めて歩きまわったところである。寺の背後の山は砥石を産する。寺の本堂に到り、二人は並んで礼拝した。十一面観世音菩薩の木像が佇《ちょ》立《りっ》して、柔和なまなざしを向けている。二人はそこで腰をおろした。あたりに人影はない。

ここまで、終始無言であった二人は、ようやく言葉を口にした。香が言ったのである。

「お国には、よき人がおられますか」

意外な発言に民吉はとまどった。

「よき人、そんな人などいない」

「そうですか」

「わしは、独身である。今まで言わなかったかな」

「聞いておりません」

「そうであったか。わしが所帯持ちか独身かは、なんの問題でもなかったからな」

「でも、私には問題です」

「なるほど」

「この年末には、お国へお帰りですね」

「そうだ。まことに申し訳ない。すでにお父上から聞いておられよう」

「聞いております。てごは、あなたがここにとどまられることを望んでおります」

「お香どのもそうであろう」

「無体な仰《おつしや》りようでございます。なんとして、このお香を奪ってでも、連れて行くと仰らないのですか」

「言ったらどうする」

「お断りします」

「なんとして」

「あなたには、大きなお志がおありになります」

「そうだ」

「私は、引き留めません。あなたは、お国に帰られて、お役目を果たされるべきお方です」

民吉に返す言葉はなかった。無言の時が過ぎた。香は俯《うつむ》いて何かに耐えるように口を結んでいた。民吉はそっと肩に手を触れた。すると急に香の体は力が抜けたように傾いた。民吉はとっさに両の手で支えた。民吉の手に滴が落ちた。香の涙であった。

「ありがとう」

民吉はささやいた。内心思った。香の厚恩、いかでか空しからん、やんぬるかな。

本堂の傍に石の擬宝珠《ぎほうじゆ》が立っていた。香が目ざとく見つけ、その碑文を読んだ。

おさめます　邦《くに》はゆたかに　たみ泰《やす》し　こころの玉や　ここに置きなむ

歳末前の窯明けまでに民吉にはなすべきことが一つあった。東光寺の大柱東堂との約束を果たさなければならない。焼物で返礼するつもりであった。それは、この土地の焼物ではいけない。瀬戸の手法による瀬戸物にすべきであった。陶器である。民吉の故郷の存在を知らしめるもの、そして記憶に残るものである。

焼物の出来映えは上々であった。濃黄緑色の顔料に彩られた「懐《いだ》き柏《かしわ》の向付皿《むこうづけざら》」である。十客を作り、五客ずつを、東光寺住職と東堂に持参して進呈した。佐々での修業に対する支援に礼を述べた。

文化四年（一八〇七）一月七日、民吉は市の瀬を発った。夜来の雨は止んだが、なお分厚い雲に覆われて、雨もよいであった。南からの風がやや暖かい。福本家の者、窯場の者、大勢が登り窯の前で見送った。行く手に大杉の木立がある。その下を通り、民吉の姿が見えなくなるまで一同は見送った。

しかし、香と三吉の姿はなかった。香は正月早々から感冒にかかって寝込んでいたという。小助一人が東光寺まで同伴した。別れに際し、小助は香からと言って、包み袋を渡した。新調の襦袢であった。民吉は、深く返礼して、「お世話になりました。よろしくお伝えくだされ」とだけ言った。

ちなみに、翌文化五年（一八〇八）五月、小助こと福本家三代福本新左衛門安布は、佐々村代官牧山左忠治に呼び出され、伝達を受けた。

「静山上様（平戸藩主第九代松浦清）より焼物仰せ付けられる。御吹聴の為、御直書の富士の御狩の絵十七枚を拝領せしむ」

市の瀬焼の評判が上聞に達したのであろう。特別の注文である。新左衛門は恐懼《きょうく》して、これを受け、絵を頂戴した。

有田焼

文化四年（一八〇七）一月七日夕刻、民吉は、佐世保の西方寺に着いた。洞水住職は健在であった。夕食をご馳走になり、民吉は佐々での焼物修業完了を報告、この機縁を開いてもらったことを感謝した。住職はこれを喜び、尋ねた。

「して、これからは、いかがするおつもりか」

「一応、染付については、得るところがありましたが、なお学びたいことがあります」

「それは何か」

「錦手《にしきで》であります」

「柿右衛門の錦手かな」

「そうです」

「それはそれは」

「と申されますと、何か」

「意気壮とするも、むつかしきことじゃ」

「どういうことでしょうか」

「すでに承知のことであろう。鍋島藩は赤絵業者の相続、使用人の異動を規制しておる、もっぱらの噂じゃ」

「わかっております」

「それでも、行くというのか」

「参ります」

「よい覚悟じゃ。しかし、当分、拙寺で気を休めて、よく思案することじゃな」

翌日、民吉は故郷に現状報告を思い立った。不得手の文章である。首をひねりひねり、ようやく物にした。

「一筆まいらせます。手前、焼物修業、無事終わり、今西方寺に滞在いたしております。あと一つ、なすことありて、これが終われば、一旦天草に戻り、天中和尚に挨拶して、瀬戸へ帰るつもりです。今しばらくお待ちください、おたのみ申します」

ところが、その午後になって、洞水和尚のところに、父吉左衛門からの書状が着いたのである。前年寅十一月に差し出されたものであった。和尚は言った。

「この状到着次第、帰国せよ、とのことである。いかなることやら、ここには書いてない」

「わかりません」

「お父上からの書状であれば、お父上に異変があったとは考えられぬ」

「和尚、それ以上は申されるな」

「されば、どうするつもりじゃ」

一呼吸おいて、民吉は答えた。

「いかなることがあろうとも、事終わるまでは帰りません」

「なるほど、よしなにされよ」

洞水和尚は、民吉の気迫に感じ入ったのである。

翌日、民吉は、寺の楽焼きの窯場に入り、それから数日をかけて、先に東光寺に進呈したと同じ、柏葉の向付皿五客を焼き、これを洞水和尚にお礼として献呈し、西方寺を後にした。

和尚は念のためと称して、民吉の通行手形を手交して、一言付け加えた。

「何かことあれば、有田には報恩寺という曹洞宗の寺がある。訪ねてみられるがよい」

「ご厚恩、忘れません」

有田への道は、三川内地区に近い街道を通って行く。途中、民吉はお礼を兼ねて、薬王寺に立ち寄った。しかし、玄珠舜麟和尚には会えなかった。前年の文化三年（一八〇六）十月二日、逝去していた。民吉は後住の舜山泰翁和尚の案内で、なお石面の新しい卵塔の舜麟和尚の墓に香華《こうげ》を手向け冥福を祈った。

ついで、江永村に赴いた。福本喜右衛門と再会した。喜右衛門は殊《こと》の外喜び、一泊をすすめた。

民吉は断りきれず、ついに、夜まであれこれ談話に明け暮れた。

翌日、木原村の椎葉窯に向かった。佐々村での同僚三吉の親方の窯場であった。同窯の当主椎葉孝兵衛はすでになく、二代目丈左衛門が在宅していた。民吉が佐々村から来たと自己紹介をすると、丈左衛門は応じた。

「それは、よう参られた。三吉がお世話をかけとります」

「いえいえ、手前こそ教わることばかりです」

「わしが佐々村におった時は、はじめはよかったが、あとはよその焼物に負けて、売れんごとなった。わしは、ここの横石の家の出で、椎葉の親父に養子に乞われて入ったものだが、ついに、またもとの横石に戻ってしもうた」

「それは、ご苦労さまでした。ご養子とは存じませんでした」

「焼物はむつかしかもんじゃな。技術も、昔通りではいかん」

「ここでは、陶土にて、染付をなされているとか」

「誰から聞かれた」

「三吉どのです」

「焼きもんな、まず土じゃ。よか土は、そこもここにもあるもんじゃなか。それによか土は値段が高か。手に入れやすい地元の土で苦しまぎれに作ったものが陶胎染付になったのじゃろう。もっとも、これも捨てたもんじゃなか」

丈左衛門は笑った。

「して、その土はいずれにて、お求めですか」

「昔は、網代石、天草石など使っておったようだが、三川内焼が御用窯になると、代官は、網代石の使用を三川内窯に限定した。いわゆる上物作りに専用させたのじゃ。よって、天草石も品薄となって高価になり、今じゃ、波佐見の三つ股石を使っておる。粘土は専ら地元の葭の本の馬洗い川沿いの陶土を使っておる。木原の焼物は中級品以下におとしめられてしもうた」

丈左衛門には、三川内焼への義憤がある。

「そういえば、一時は、佐々村産の出目石とかいうのを利用したこともあったと聞いておる」

「それは初耳です。その石で何を作ったのでしょう」

「こん石は焼きあがりが黄味を帯びて耐火度が低かったそうで、仏具や紅猪口《べにちょこ》などを作ったらしい」

ちなみに、出目石とは、花崗岩の風化したものであろう。

丈左衛門はざっくばらんである。もっともそれは、ここが御用窯でないことに関係している。

丈左衛門は、木原の窯の概略を語った。

木原の陶業の創始者は、松浦氏の家臣丸田氏とされる。天正十四年（一五八六）、松浦氏の支城井手平城は、大村、有田、波多、有馬氏の連合軍によって、落城せしめられた。城士丸田源蔵宮内も戦死、一子要（六歳）は、足軽樋口弥太郎に助けだされ、木原の地蔵平に落ち延びた。長じて加藤清正に仕え、慶長の役にて、朝鮮にわたり、軍功を立て、丸田遠江守時信、別名入道地蔵丸と称された。入道とは、剃髪して俗縁をたつことである。致士《ちし》（辞任）して、名を貞右衛門にかえ、家臣樋口弥太郎の子五良輔を連れ、隈本《くまもと》から唐津に赴いた。

身分を隠して、唐津の窯に入り、三年間、臥薪嘗胆して、陶法を会得、木原の地蔵平にかえり、草庵を結び、陶茶庵と名づけ、その前に小さな丸窯を設けた。

木原の北東に位する幕《まく》の峠《とうげ》は、平戸、鍋島、大村領の三国の境で、平戸藩としては、枢要の地であった。警備の番所があり、その目付下役に横内宮内、横内八十右衛門、重石矢兵衛、池田菊六郎らがいて、見回りをしていた。

慶長七年（一六〇二）春、平戸藩主松浦鎮信法印は、恒例の国境検分にて木原を訪れ、帰途、偶然にも、貞右衛門の陶茶庵に休息した。貞右衛門は薄茶を煎じて献じた。藩主は賞味して言った。

「茶は煎じ方にもよるが、定めし水もよろしからん」

藩主は自ら横の川に出向き、大徳利《おおどつくり》に水を汲みとり、その帰りに、目ざとく庵前の窯を指して言った。

「これなるは何ぞ」

「はは、拙僧の手すさびの焼窯にてござります」

「まさにこれ、牛の臥するに似ておる、臥牛窯《がぎゅうがま》じゃ、臥牛窯と名付けよ」

藩主は、貞右衛門に「松信庵」と揮毫した額を贈り、一時の団欒を謝した。よって貞右衛門は、陶茶庵を松信庵と改め、窯を臥牛窯と呼んだ。ちなみに「松信庵」の松は松浦の松、信は鎮信の信である。

慶長八年（一六〇三）、平戸の中野窯は陶工に余剰が生じた。藩としては、陶工の意向によっては、帰国させたい腹であった。松浦鎮信は駿州岡崎城に徳川家康を訪ね、指示を請うた。家康は、大八洲《おおやしま》（日本国中）いずくにても任意に築窯し、焼物を焼き出し致す可き事、としてこれを許した。

これを伝え聞いた貞右衛門は、早速藩へ中野焼の陶工の誘致を願い出た。金久永ら男女十五人が、木原へやって来た。一旦、住まいを松信庵の皿山に造営したが、久永の願いにより新たに粘土を探索させ、ついに葭の本に、良土を得、そこに十間《ま》（窯室）の登り窯を造営した。翌年には、柳の元にも新窯を築き、陶工を三分してここに留め、あとは地蔵平と葭の本にそれぞれ配した。のちに葭の本にいた比久尼は原明に、清六・頓六の兄弟は、有田の曲川に移住した。

貞右衛門は久永の作った茶器（茶碗、土瓶など）を藩主に献呈、これを嘉賞した松浦公は、久永に「横石《こうせき》」の姓を与えた。のちにこの横の字が筆遣いの偏向により横となり、横石久永と呼ばれるようになった。

寛永十七年（一六四〇）頃には、木原焼は評判となり、地元の横石、池田、石丸、石田の四家が弟子入りし、盛況した。

久永には妻妙永の間に子がなかったので、貞右衛門は、二男の左衛門を久永の後継者に入れた。二代目横石久永である。長男貞左衛門は、元禄初年（一六八八）、広田に移り海運業を営み、木原の製品を難波、江戸へ送った。

貞左衛門の次男佐左衛門は、のちに長崎の現川《うつつかわ》村に移住、現川焼に従事した。

宝永年間（一七〇四〜一一）、家元久永家四代久七兵衛は、有田の柿右衛門窯の評判を聞き、色絵付けを志した。しかし、他国者の柿右衛門窯への入職は容易ではない。一計を案じ、妹のお柳《りゅう》を女工としてもぐりこませ、ついにその秘法を取得した。これは、陶胎の色絵となって、密かに持てはやされた。ただ、有田の泉山の陶石は使えず、天草陶石もまだ手に入らない状況では、柿右衛門の色絵を凌駕《りょうが》することはできない。

五代目喜左衛門の代、早岐の中里平右衛門というものが、天草石の硯や砥石を販売していた。喜左衛門に身を寄せていた藤七兵衛（三川内焼の二代中里茂右衛門の三男）がこれに目をつけ、粉砕して化粧料や刷毛目に利用していたが、素地にして試焼したところ、結果は有田の泉山の石に劣らないものが出来上がった。ただちに、大量の天草陶石を注文するも、容易に入手できない。ついに、藤七兵衛はその子、藤次左衛門を天草の下津深江に送り込んで、督励した。半年後、小船一艘が陶石を満杯にして早岐に帰ってきた。正徳年間（一七一一〜一六）のことである。

これを機に、木原焼は磁器へと変革する。早岐には、大量の磁石の搬入により「天草屋」と称する船問屋ができた。同家は、藤七兵衛の恩恵を忘れず、「後世如何様のこと有候共家元・横石両家に石の御難儀相掛け申す間敷候事」と家訓を残した。

横石喜左衛門は天草石で、淡青磁を作った。色絵磁器を完成するのは、六代嘉兵衛の代であった。

丈左衛門が語り終えると、民吉は尋ねた。

「今でも横石家では、色絵磁器をお作りですか」

「作っておる」

「その作法をご存じですか」

「いや、本家のことじゃけん、承知しとらん」

「そうですか、なんとか知りたいものです。ご紹介願えましょうか」

「よかです」

「しかし、本当に教えてくれましょうか」

「有田なら、別たい。ここではご法度はなかけん、そげなことはなか。ただ当主がよかといえばよか」

丈左衛門は、民吉を横石家元まで案内した。ところが当主は他出していた。二人は、留守の女工にことわって、窯元を見て回った。出来たての赤絵磁器を観察し、ついで登り窯と素焼窯を見た。ほかに一つ丸窯があった。民吉は尋ねた。

「赤絵窯たい」

丈左衛門が答えた。

「これが、赤絵焼の、あの窯ですか」

「そうじゃ、赤絵は三度焼かねばならん。素焼きと本焼き、それに赤絵焼きじゃ。赤絵窯は低い温度で焼かねばならんとじゃ」

一時《いっとき》待つも、当主は帰らない。二人は明日の再訪を告げて、家元を辞した。民吉は丈左衛門宅に泊り、翌日は一人で家元に行った。

当主横石治作は在宅して待っていた。民吉は、天草から来て佐々の市の瀬焼で修業して帰る者であると自己紹介した。治作は言った。

「天草とはまた奇特なことで、天草はどちらかな」

「なに、とくにいうこともなき田舎、高浜の近くです」

「天草にはお世話になっておる」

「噂では聞いております」

「そうか、して修業の成果はどうじゃ」

「はい、大変勉強になりました」

民吉はやおら頭陀袋から、市の瀬で作った一個の染付の小茶碗を取り出して、当主の面前に披露した。当主は手に取り、表裏あますところなく、目を注いだ。

「なるほど、よく出来ておる」

民吉はひとまず安堵した。

「して、お尋ねの件じゃが、赤絵を勉強したいそうじゃが」

「はい、後学のため、とくにお願い申しあげます」

「ところが、我が家は代々一子相伝が家訓じゃ。よって他国人に口外できんことになっておる」

「そこをなんとか、お願いいします」

民吉は低頭し、しばらく頭をあげない。いつか寺で聞いた僧恵可が達磨に入門するに際し断臂《だんぴ》して、入門を許された故事を思い出した。恵可は臂《ひじ》を切ってまでして、所願を貫いたのである。

あまりの長さに当主は閉口した。

「まあ、頭をあげなされ」

「いいえ、お許しあるまで、あげられませぬ」

「わかったから、どうか頭をあげられよ」

「ありがとうございます」

民吉はようやく渋面を開いた。

「よく聞いてくれ。お前さんも、一廉《ひとかど》の修業者であろう。であれば、先人の苦労によって得られたものを、わけもなく手に入れることなど、なすべきことではない。我らご先祖は、いかにして苦労の果て、赤絵の秘法を得られしや。子々孫々、夢にも忘れるものでない。これが、手前の存念である。わかられたか」

「はい」

民吉は一言もない。

「とはいえ、お前さんも、遠いところ、よくぞこの鄙びた木原に来られた。これも縁であろう。よって、記念に一品を進呈する」

当主はその場を立ち、細工場から、一袋を持ってきて、民吉の眼前に置いた。

「開けて見られよ」

おそるおそる開けてみれば、赤い粉末である。いぶかる民吉に、当主は言った。

「ベンガラじゃ。赤絵の顔料じゃ。顔料にはいくつもの種類がある。これはその一種類じゃ。ベンガラに白玉や硼砂《ほうしゃ》の粉を混ぜて焼いたものじゃ。分量はいわれぬ。それは、これからのお前さんの研究次第じゃ。よければ、持っていかれよ」

民吉は不覚にも涙を禁じえなかった。当主治作の恩情に両手をついて、深々と低頭した。


有田へ入るには、三川内方面からは、有田の西、原明《はらあけ》を通らねばならない。

当時、享和元年（一八〇一）、佐賀藩は、代官所を佐嘉郡の川副、与賀、三養基《みやき》郡の市武《いちたけ》、神埼郡の神埼、白石郡の白石、杵島《きしま》郡の横辺田、有田の皿山の七カ所に定めた。

これに先立ち、有田の皿山代官所は大木宿にあり、慶安元年（一六四八）横目付山本神右衛門が初代代官に就任した。これはのちに白川に移された。代官所のもとに口屋番所があり、東の武雄へ通ずる街道に、「上の番所」があり、西の戸矢と原明に「下の番所」があった。通過する者の所持品・焼物の材料、燃料、製品を取り締まり、他国人の出入りを監視していた。

案の定、民吉は原明の番所で検問を受けた。しかし、西方寺でもらった通行手形で難なく通過した。民吉は西方寺の住職の計らいに感謝した。

もともと、有田焼を有名にしたのは、朝鮮から渡来した李参平ら陶工集団と、赤絵焼を完成した柿右衛門によるところが大きいが、ただそれだけではない。

慶長三年（一五九八）、朝鮮の役にて、肥前佐賀城主鍋島直茂は、朝鮮の公州への進軍に三人の現地人を雇い道案内をさせた。忠清道鶏龍山の金江州のものである。うち一人が陶工李参平である。帰国に際し、参平に同行を求めると、参平は同意した。

同国で、敵軍の道案内をすることは利敵行為である。参平は、地元に居づらかったのであろう。参平には数十人が従ったとされる。

朝鮮出国には、鍋島の重臣、竜造寺長門守家久（のちの多久初代藩主安順《やすとし》）の船に同船させられた。家久は、父である多久領主竜造寺長信に代わり、慶長の役に参戦していたものである。長信は竜造寺隆信の末弟である。

伊万里に着岸、一行は三手に分かれ、武雄の領邑板野川内、有田郷の乱橋《みだればし》辺、そして佐賀に配された。参平は佐賀に属し、十数人が同行した。

板野川内は、鍋島の重臣、武雄領主後藤氏二十代家信の領地の武雄の西端に位置する。その西隣が有田郷である。

武雄領内の内田皿山には、慶長三年（一五九八）、家信が朝鮮から連行してきた陶工集団が先住していた。総勢は九百人とも称される。もちろん彼らは、陶工のみならず、燃料の伐採者や雑役夫、さらにはそれらの家族も含めてであろう。その長は、朝鮮の深海村出身の宗伝である。

ちなみに、この板野川内のあとには、のちに百間《ひやつけん》窯が築かれる。

また、有田郷の乱橋は、有田の領主唐船城主有田八右衛門尉茂成（須古安房守信周の四男・竜造寺隆信の甥）の所領で、この周辺——広瀬、黒牟田、小溝、南川原、原明には、有田茂成が朝鮮の役にて連行していた陶工らが、先に窯場を開いていた。

参平は佐嘉城下に居住し、ここで帰化した。姓を出身地の金江にちなみ金ケ江と改め、名を三兵衛とした。時に二十歳であった。

翌慶長四年正月、参平は竜造寺家久との同船の縁で多久に預けられた。一行十八人であった。うち陶工は十三人であった。竜造寺家久は多久の本拠梶峰《かじみね》城主である。

参平の住居は、梶峰城に近い西の原尾越である。藩主は参平の朝鮮での職業が陶工であることを聞き、その願いによりここに唐人古場窯を開かせた。このあと、有田に移住するまでの十数年間、西多久の高麗谷、藤川内に窯を築くも、参平は念願の磁器を製品化できなかった。磁器の原料が発見できなかったのである。

慶長二十年（一六一五）頃、参平は多久藩主多久安順の許しを得て、磁器用の陶土探索の旅に出た。女山峠から武雄領に入り、先に日本入国に際し同船して、板野川内に定着していた同朋の窯に仮泊した。粘土作りを手伝い、出来上がった陶器を検分した。

製品は、李朝の白磁様を呈していた。

「これはどこの土を使っているのか」

参平は尋ねた。

「それは、ここの尾根を越して下った谷にある。そこで採れた白石じゃ」

陶工はこともなげに答える。

「も少し、詳しく教えてくれ」

「谷を下れば、川がある。その先は有田という所じゃ」

参平は礼を言って有田に向かった。道中あちこちと目を配りながら、有田川沿いに下り、ついに有田の西、天神森という所に着いた。ここは先に参平と同船して渡来した同朋たちが別に移住させられた乱橋に近い。天神森の窯場には、朝鮮の熊川や咸安出身の者がいた。製品は古唐津系統の陶器であった。

参平はこの地に、多久から家族ら十八人を呼び寄せた。半農半窯の生活を送り、傍ら同朋らとも打ち解けながら、主として有田の東地区を限り、陶石探しを潜行した。当時の有田の東は、狭義の田中村と称し、山間の寒村であった。

元和二年（一六一六）、参平はついに泉山に新たな陶石を発見した。

卯九月、金ケ江三兵衛倅、金ケ江惣太夫の多久家に出された「恐れながら某《それがし》先祖の由緒を以て御訴詔申し上げる口上覚え」の一部に、当地の事情が詳しく記されている。読み下す。


ちなみに、金ケ江一門は多久家の被官、つまり官人であった。惣太夫は、金ケ江家六代の子で、卯九月は、寛政七年（一七九五）であろう。この訴状は、寛政十二年（一八〇〇）、代官所にて受理されたようである。

一、其の砌《みぎり》皿山之儀は到って深山にて、田中村と申し、人家がとびとびに之有り、纔《わず》かの田畑にて百姓相立居り候由。其の末右唐人（朝鮮人）御含みにより、段々見回り候処、今之泉山え（ママ）陶器の土見当り、第一水・木宜しき故、最初は白川天狗谷に釜（ママ）を立て、画工子孫に相教え、段々繁栄仕り候処、太守様（鍋島藩主勝茂）珍しき事に御思召し上げ、御労り遊ばされ候内、長州様（多久長門守）より其の後宿在付けの下女等下し給わり、夫婦之睦をいたし、釜焼方が重《おも》に相働き、細工方其の外相教え候処、他方之者は素より、他方より居付き候者迄習い致し、人家多く相成り、漸々繁栄の地と相成り、其の内上幸平山・中樽奥えも百軒程之釜登り相立て候処、余り片付候場故相止め、其の後は村々所々え釜を移し申したる由。右百軒釜跡、于今畠地に相成り居り候義、諸人存じの前御座候事。

今泉山の陶石発見については、別説がある。安永二年（一七七三）、家永壱岐守の子孫から、「恐れながら御詫言申し上げ口上覚え」が代官所へ提訴された。少し長いが、当時の有田の状況がよくわかるので、読み下す。

某《それがし》の先祖家永壱岐守と申す者は、佐賀郡の高木村へ在宅仕り土器を焼き罷り在り候処、天正年中、太閤様（秀吉）高麗（朝鮮）御出陣の為、名護屋御在陣之砌《みぎり》、壱岐守御土器を奉献上候処、御上覧遊ばされ、其の末御意を蒙《こうむ》り、「九州土器元《もと》」を差免（認可）され、有り難き仕合せにて罷り帰り候段、（鍋島）直茂様の御耳に達する由にて、其の後御吉例の為、文禄三年（一五九四）直茂様高麗に御渡海之節、高島に於いて遊ばされ御年越し候刻も、右土器献上仕り候に付き、則御目を渡され、馬場五兵衛殿を以て仰せ出候は、きんもう（金毛）山へ罷り在り候唐人（朝鮮人）焼き物上手にて候条、彼の唐人弟子に相付け、何卒習い取り候様、仰せ付けられ、之に依って、彼の地に罷り越し習う、焼き立て候陶器御上覧なされ候末、右三人の唐人召連れ、佐賀郡金立《きんりゅう》に皿山相立て候様仰せを蒙り、帰国仕り候、右唐人（日本名）小関忠兵衛又六と申す者共にて御座候、然しながら、金立山近辺に宜しき土床（磁石場）御座無く、松浦郡伊万里の藤野川内に相移り、皿山相立て居り候処、右唐人共は御暇申し乞い、本国へ罷り帰り候、其の後所々に土床見出し、皿山相立て候共、宜しき場所これなく、尤も有田郡小溝原に暫く在宅し陶器を焼き立て仕り候に付き、直茂様に従い出精仕り、末々相続の儀蒙る為、仰せ出由《でのよし》に御座候得共、土が払底《ふってい》仕り、焼き立て相叶わずに付き、壱岐守孫正右衛門方々へ土床を探索仕り、当皿山え《（ママ）》分け入り、只今の土場（泉山磁石場）を見出し、白川山天狗谷と申す所に焼物釜《（ママ）》壱登り塗り立て、南京焼（赤絵磁器）仕り候、右正衛門の義は壱岐守の子太郎兵衛と申す者の子にて御座候、尤も太郎兵衛の子兄弟三人にて、一人は柳川の蒲地村に罷り越し、其の子孫家永彦三郎と申す者只今に罷り在り候、一人は佐賀郡高木村に住宅仕り、其の子孫只今藤木村に家永浅右衛門と申す者、相替らず御用の土器差し上げ来り候、一人は正衛門にて御座候、某は正衛門の子孫にて御座候、尤も白川天狗谷に一登り（釜を）塗り立て釜焼き候半、（多久）美作守様高麗より御帰陣之砌、御連れ越しの唐人御伽《とぎ》仕り居り候を、御暇下され候末、南京上手に焼き物御仕立て候に付いて、右高麗人より日本人を相払い（追放）下され候はば、一手にて釜焼き支度旨御願申し上げ候に付き、日本人釜焼職相叶わず（追放された）、之に依って、正衛門へは右由緒を以て、美作守様より御免状（釜の認可状）其の節之御代官山本神右衛門殿迄差し出され候由にて、右御免状写し正衛門へは相渡され置き候由にて、代々右写書相譲り置き申し候、然る処に只今には数代之職分相叶わず参り懸りにて、日用も暮兼《くれか》ね先祖之祭事も相叶わず、残念千万年々思い暮、之に依って、近来恐れ至極に存じ奉り候得共、前断之通先祖焼出し候陶器之由緒を以て、左之通差免なし下され度願い奉り候、

一、御領中へ焼き物商売仕り候人々へ、某より一人前に銀五分之切符月々差し出し、永代取り

納め仕り候様仰せ付けられ下され度願い奉り候事、……

要は、先祖正右衛門が、泉山に磁石を発見したことにより、朝鮮の陶工にて優秀な磁器が多く作られ発展した。ところが、この朝鮮の陶工（李参平を指す）が「自分が一手に焼物をしたいので」日本人の陶工を追放するよう願い出た。その結果、日本人は窯焼きができなくなった。正右衛門も追放された。しかし、正右衛門は、泉山磁石場発見の功績があるので、とくに再び免許された。しかるに、後代の我々は、窯焼きの業も営み兼ねる窮乏状態で、その日の暮らしにもこと欠いている。

よって、領内で焼物商売をする者へ、一人について、銀五分の手数料の切符を差し出させ、永代取り納め出来る様仰せ付けられたい、という嘆願書である。虫のいい話である。

もともと、これは磁石の採掘権にかかわる問題である。

李参平が、泉山に陶石を発見したあと、採掘のため泉山にいくつもの土坑が設けられ、土場ごとに番役人を置き監督させた。採掘については、伐採《ばっさい》支配として、李参平の次男清五左衛門の子孫が代々管理をしていた。

ここの陶石は他藩に売り渡すことは勿論、領内の焼物衆でも地域を限定し、割当札なしには、利用できなかった。家永家の文書にはこの金ケ江家の特権に対する僻《ひが》み根性が見える。

この訴えは、不問に付されたことであろう。文書はない。泉山の陶石発見の二人説の可否は、泉山の陶石の鉱脈は広範囲にわたっているので、個別にどことも、いずれの時期とも特定のしようがない。

ちなみに、有田窯よりの日本人陶工の追放については次の通りである。

磁器の有田窯業の開始から、窯焼きは朝鮮人およびその嫡子が継いでいた。ところが、おいおい磁器が広まると、日本人の参入がはじまり、伊万里、有田の各所に窯を築き、山を伐り荒らし始めた。窯焼き用の松材などの乱伐である。これを憂いた山奉行山本神右衛門が上申して、陶業者の淘汰を進言した。

寛永十四年（一六三七）、佐賀藩主鍋島勝茂は、多久美作守茂辰に、有田郷の陶業地整理を命じた。

一　古唐人（朝鮮人）、同嫡子、一職数年居付き候者は先様焼き物差しゆるさるべき事
一　唐人の内にても他国より参り、其の所に家を持ち候わぬ者は相払うべき事
一　扶持人、徒者、町人、旅人、此の者共はいずれも焼き物先様法度申し付くべし
　但し、其の所に居付き候にて罷り在り候者で百姓を仕り罷り居ると申す者は其のままに召し置き、焼き物はつかまつらざるよう申し付くべき事

この中に日本人陶工のことを名差しで触れる条項はない。それは記載された朝鮮人以外は排除

するという意味である。三項目が日本人に関する法度である。

下松浦郡横目付役所山奉行山本神右衛門茂澄がこれを実行、采配した。日本人陶工は恐慌におちいった。「藩主の愚策は参平の浅知恵なり」とののしった。男女八二六人が追放された。

のちに若干の修正が加えられた。皿山の発展に貢献した日本人の再参入である。

「日本人の内少々差免され、高麗人共に相加わり焼物仕る」ようになった。

窯場の区域は、西は黒牟田以東、南は岩谷川内以北、伊万里郷には市瀬山など四地区、有田郷には小溝、原明、清六など七地区と統合し、そこ以外では、陶器を焼くことを禁じた。磁器を焼かないと閉鎖させられる。

泉山、小樽、大樽、上幸平《かみこうひら》、白川、稗古場《ひえこば》、岩谷川内の各地区内に生業の窯場があるところから有田内山と称し、南川原山、広瀬山、黒牟田山、応法《おうぼう》山、外尾《はかお》山、大川内山、市瀬山、原明山に加え、武雄邑内の板野川内山、筒江山地区内の窯場を有田外山と称して、区分けした。これ以外の周辺地域を大外山と称した。この特色は、有田内山、外山以外の窯場には、泉山陶石の利用を認めなかったことである。大外山がこれにあたる。

赤絵焼の創始者酒井田《さかいだ》氏が南川原に移住して来たのは、元和二年（一六一六）の頃である。酒井田氏は筑後国上妻《こうづま》氏の氏族とされる。上妻郡の酒井田村に居住した豪族である。

天正十年（一五八二）、上妻郡の辺春《へばる》城主辺春鎮信は、豊後の大友宗麟に通じた結果、竜造寺隆信の将鍋島信生と、これに与《くみ》する大友氏の元一族で竜造寺氏へ寝返った三潴《みずま》郡下田城主堤貞之の連合軍の攻撃を受け、城主鎮信以下、応援に駆けつけた稲員大蔵、酒井田宗連《むねやす》夫婦、その子三郎、高良山玉垂社大祝鏡山宗善らが、辺春山の辺春表で戦死した。

翌年、大友義統は、酒井田宗連の次男少輔太郎に、酒井田両親らの忠節を賞し、上妻郡の内、上妻村二十町分ほかを宛行った。

ところがこの時、宗連の三男（推定）弥次郎はまだ幼く、酒井田家の菩提寺浄土宗光明寺に預けられていて、難を逃れた。しかし、竜造寺軍に人質として拉致された。行く先は肥前杵島《きしま》郡白石郷の龍王村というところである。竜造寺隆信の弟信周《のぶちか》の支配地である。竜造寺隆信の死後、弥次郎は放免されたことであろう。長じてここの飯盛山の麓で、土器や瓦などを焼いて生業とした。

慶長元年（一五九六）、二十三歳の時、長男喜三右衛門をもうけた。

とこうするうちに、有田郷の南川原山に、日本渡来の陶工らが多く入居して、おもしろき焼物を作っていることを伝え聞いた。酒井田円西（弥次郎）は、一子喜三右衛門を伴い、南川原に移住した。

ちなみに、円西は、弥次郎の本名ではなく、法名であろう。肥前白石の福吉に臨済宗妙楽寺がある。筑前博多の承天寺と同じ東福寺派である。ここにて剃髪し、円西と改名した。この時節、承天寺から当寺に修行に来ていた僧登叔《とうしゆく》と円西は昵懇となった。

円西が、筑前の早良郡入部村の西音寺にいたとする説があるが、この寺は、創立が永仁三年（一二九五）で西方寺と号し、禅宗であった。天正十四年（一五八六）頃、高祖《たかす》城主原田種信が豊臣勢に攻められた時、あおりをくって無住となった。寛永六年（一六二九）、浄土真宗に変わり、西音寺と号した。開基は、原田氏の重臣笠大炊守が再建し、出家して円西と称したものである。酒井田円西とは同名異人であろう。よってこの説はあたらない。

この僧登叔が、円西に書状を送り、陶磁器の巧者高原五郎七を、喜三右衛門の陶器作りの指導者として紹介した。

挨拶ののち、「御遊来なされれば、久方振りに風事相楽しみ申したい」と前置きして、書状はいう。

「……（五郎七が）当春より拙寺（博多承天寺）へ参り居り、近頃は肥後表に参られ、只今にては寄り方なく、浪人となっている、一体に器用なる男にて、楽焼、偖又（猪口か）、南京写の白手の陶物等細工致され候処、見事にて候故、幸い貴家御子息、陶物方なされ候得ば、此の仁へ御相談なされ候儀然るべきと相考え申し候……」

この書状の発信日は八月七日であるが、年号が不明である。文中に「南京写の白手」とあるのが、染付磁器のことであれば、有田での李参平による同磁器の産出が元和二年（一六一六）であるので、年号がこれ以後であれば、符合しないことはない。年号がこれ以前であれば、登叔の書状に疑惑が生じる。

大坂夏の陣のあと、五郎七が登叔に送った書状がある。

高山治平治下りなされ候間、一翰を呈し候。その後は音問あたわず、御床敷《ゆかしき》こと浅からず候。某《それがし》こと、去年春の頃江戸に在って仕え、十月の頃ここもと迄罷り越し、今に逗留仕り候。今度の御弓矢（戦い）、具《つぶさ》に御地に御披顕あるべく候得ども、拙者見及び候処、あらまし申し遣わし候。

（中略）此処大坂籠城攻撃のあらまし、並びに家康公・秀頼公書簡往復の文章を載せたり。世に云う処の大坂状也、いたつかはしければ（気苦労であるので）略す。

不肖の拙者も人数一分に罷り成り籠城仕り候。多年工夫鍛錬の木石・火矢数百挺を作り、天下に弘め、楯も仕寄りも構えず、敵を数多討倒し、敵味方の数十万の軍兵の目を驚かし、名誉を天下に顕すと雖も、関白御不運により、城内に逆心の大名両三人有り候条、御和睦に成り、……。

頓《とみ》に様《さま》を替え遁世《とんせ》の修行に罷り出候の間、その辺に参り候はば、昔の御馴染みに御芳情に頼み存じ候、御むつかしきことながら、神屋吉六殿・同与三郎殿・高木市三郎殿・同善六殿・上橋善三郎殿・嶋井徳右衛門殿、此の外拙者を御存じになり候かたがたへ書状を以て申しあげるべく候得ども、急ぎ申し候条、申しいれず候。貴僧より右の趣、よくよく御仰せ届け下さるべく候。恐惶謹言。

正月廿八日　　　　　　　　　　　　　　　　　　　　高原五郎七

拝進　承天寺

東（登）叔侍者禅師

内容は、昨年春、江戸にて仕えていたが、その十月大坂へ下った、大坂夏の陣へ参加して、勲功を立てた、しかし、城は落ち、自分は身をくらまし、その辺まで下ってきた、昔のご芳情を頼み、むつかしいことであるが、神屋氏ら博多の商人へも、書状を差し上げるべきところ、急のことでできないので、この方々へよろしくお伝えください、とのことである。

日付についていえば、大坂城が落城したのが、元和元年（一六一五）八月であるから、その翌年の正月二十八日ということであろう。

宛名は登叔禅師である。その名前の中間に侍者とあるのは、禅宗では長老に仕える者を言うから、登叔は、承天寺一〇四世、鉄舟円般の弟子であったろう。登叔元崇が同寺一〇五世を継ぐのは、元和四年（一六一八）である。登叔は筑前の出身である。以前、五郎七は博多の浜口町に住んでいたから、その時、登叔との縁が始まったのかも知れない。

登叔は結局、五郎七を同寺に匿った。ほどなく、豊臣の残党ということで五郎七は寺に迷惑をかけられないので、肥前に移ったものであろう。

よって、登叔が酒井田円西に書状を送ったのは、元和二年以後のことである。なお、有田の染付磁器の評判が博多に伝わった時期を考えても、五郎七が有田に来たのが元和三年（一六一七）のこととされていることからいえば、元和三年がぎりぎりのところであろう。

高原五郎七は、謎の多い人物である。登叔との関係は以上のようである。

次に別の説を見る。

三川内焼今村家八代の今村正義の文久二年（一八六二）付の家伝がある。口語体とする。

竹原《ママ》五郎七焼物師
是は筑前の者竹原道庵と申す者の子という。本《もと》は高麗人（朝鮮人）である。日本に渡り焼物細工宜しきにつき、焼物の土の有る処に指し免じられ、諸国へ相廻ったと申し伝える。
この者は国々を廻りいろいろ焼物細工をした。その頃、唐津領の大河野の川原皿山と申す所の朝鮮人新助と申すものが、取り立てられてそこにいた。この皿山はのちに椎野嶺という所に移った。この皿山は彦左衛門と申す者が取り立てたもので、これも高麗人である。この時五郎七が来て七年滞在した。その後竜造寺（有田茂成の旧姓）領の有田の南川原皿山へ来、この年青磁の焼物が出来た。三年過ぎて内田皿山にて染付の焼物が出来た。四年の内に弟子三人が有った。今村三之丞、宇田権兵衛、京都の者平兵衛である。権兵衛には子がない。今村三之丞は平戸領へ参り、平兵衛は江戸浅草に竹原を名乗る子孫を残した。

右内田皿山に酒井田柿右衛門と申す者がおり、これは宇田権兵衛の弟子である。その後五郎七は、上方《かみがた》へ参った節は高麗人左内と申す者を連れて上がり土佐国へ滞留した由、大坂へ参り死去した。家来茂吉と申す者が西国へ下り知らせた。

おおざっぱな履歴である。事実、五郎七は南川原の天神森に来て、窯焼きをして青磁を作ったようである。その弟子宇田権兵衛が酒井田喜三右衛門（初代柿右衛門）を指導した。権兵衛は、〝呉須権兵衛〟と渾名《あだな》される呉須染付の名手であった。

寛永五年（一六二八）、藩主鍋島勝茂は、陶工副田喜左衛門に命じ、御陶器方主任となし、岩谷川内に鍋島藩の御道具山（藩窯）を創始した。喜左衛門は、藤津郡の内野山の窯場にいた五郎七を訪ね、岩谷川内の藩窯に賓師《ひんし》として招聘した。寛永七年である。

ちなみに、この御道具山は、寛文元年（一六六一）南川原山へ、ついで延宝三年（一六七五）、伊万里の大川内山に移転した。

寛永十年（一六三三）、五郎七は、キリシタンの検閲に出くわし、逸早く逐電、行方をくらまし、上方に逃れた。キリシタンであったのであろう。

一方、享保八年（一七二三）付の柿右衛門文書の「申上手続覚」には次の通り記載されている。口語体とする。

一　高原五郎七と申す者は太閤の御家来で、朝鮮御渡海の砌《みぎり》、清正公がつれてきた由。右の者は大坂方落城後、子細あって、元和三年（一六一七）、南川原へ来て、その辺の川に明礬《みようばん》が流れているのを見つけて、水上に上土があると考えて、川筋つたいにのぼったところ、泉山に白土があるのを見いだし、試焼したところ、南京白手の陶器（磁器）が出来上がった。只今の通りの品を焼き出し、これまで相続した。……

柿右衛門が赤絵付けを完成したのは、寛永二十年（一六四三）とされる（別説あり）。それまでは、泉山の陶石に柞灰《いすばい》の釉をかけて磁肌を白くし、華麗な彩釉を鮮明に表わしたものが多かった。正保元年（一六四四）、喜三右衛門は、赤絵彩色の柿模様の蓋物磁器を作成し、藩主鍋島勝茂に献上し、その精巧にして雅致《がち》なることを賞讃された。これを機に、柿右衛門に改名した。ちなみに、酒井田家の旧記によれば、素地は次の通りである。

御道具土の覚え

一　白土………六表（泉山陶石の最良質の原料）
一　山土………二表（有田町白川谷の石）
一　枝松………一表（但し出来土とある）

一　辻土………一俵（但し岩谷川内）
一　舞々谷……一俵（有田町舞々谷）
一　今山土……（但し見合せ）

さらに、別の酒井田土合貼《つちあわせちょう》に「高原ごす（呉須）土の事」として胎土の配合が記してある。五郎七の伝授による呉須描きの土の名残であろう。

内容は「一　ながは山ころび白　壱斗二升　くわんのん堂ノわきニ有　一　いわや川内　八升　一（但こし二而）とちみ土　壱升　一　大くわんにうノ時ハこし土　三四升入」である。

赤絵付けの手法は、年木山《としき》の酒井田窯に出入りしていた伊万里の陶商東島徳左衛門によってもたらされた。徳左衛門が長崎にて、中国人周辰官より白銀十枚にて伝授を受けた赤絵付け仕様書である。これを何程の手数料で、喜三右衛門が譲り受けたかは、詳らかにしない。徳左衛門は「赤絵を付け申さるべく候、然るにおいては、相互に渡世つかまつるべきの通り」といったとあるから、半銀ですんだかも知れない。

赤絵付けの仕様書の内容は次の通り、至って簡単なものといわれる。

赤

一　びいどろ（硝子）
一　ろくはん（緑礬《りょくばん》）
一　けそう（化粧）
青
一　びいどろ
一　すろく青
一　けそう
紺
一　びいどろ
一　ぐんじょう（群青）
一　けそう

この「ろくはん」が赤の絵具の原料ベンガラといわれる。硫黄分を含んだ鉄鉱石が風化すると、硫黄が酸化して硫黄鉄となる、これを火でいり、六百度くらいで焼くと、いわゆるベンガラとなる。

仕様書を取得しただけで、赤絵付けがすぐにできるわけではない。

徳左衛門は、「相頼み申し候ゆえ、右の赤絵を付け立て申し候えども、よく御座なく候……一々焼き立て見申し候えども、終《つい》に出来つかまつらず、大分の損失相立ち申し候」といっているから、完成までには、身を削る苦労があったのである。

この成功は徐々に世に広まっていった。

ちなみに、赤絵の配色顔料の区分は次の通りである。柿右衛門家「赤絵具覚」による。

赤色系……ダミ赤、花アカ、線描のカバ
青色系……モヨギ、茶モヨギ、ウスモヨギ
紫色系……ムラサキ（一種類のみ）、ムラサケ
黄色系……黒キビ、ウスキビ
紺色系……群青（一種類のみ）
黒色系……黒モヨギ、支那呉須（線書き黒）
白絵系……白絵具
赤絵具合覚の大鉢摺り合わせ方
ダミ赤……赤ウキ・唐の土・ロクハン（ベンガラ）
書き黒……上等の唐人薬（呉須）
書きカバ（書赤）……赤浮・ロクハン
ろく青もよぎ……唐石粕《かす》・唐の土・ろく青（やき）

むらさけ（き）……唐石粕・唐の土・上等の擦り唐人ゴス
きび（黄）……唐石粕・唐の土・唐白目・赤浮・ロクハン
しろ絵……唐石粕・唐の土・上等の素焼ワレ（対州粉末でもよい）
一ペン黒（つやのある黒）……コバルト・唐石粕・唐の土・上等呉須
群青……唐石粕・唐の土・花群青

「茶碗摺合《すりあわ》せ方」、「赤絵付の用具」、「赤絵の摺合せ」、「上絵付の技法」は略する。

唐石は通称フリット、金属鉛、硝石、硅石《けいせき》の割合で精製、ルツボで灼熱溶融したものを急冷し、石臼で微細化したもので、上絵具の主原料である。

赤絵の窯が増加していくにつれ、絵付屋と窯焼屋との分業体制が採られた。寛文十二年（一六七二）以前、有田に赤絵町ができ、ここに赤絵付け業者が集められた。当時窯焼業者は一八〇戸、赤絵付け業者は十一戸であった。

安永八年（一七七九）、皿山代官久米八六兵衛は、「赤絵付家株家督相続定法」を定めるため、業者に諮問した。要旨は次の通りである。

皿山の赤絵物は、日本はいうに及ばず、外国までも輸出されている産物である。近年、長崎奉行の命令で、天草で焼物を作り、オランダ輸出用焼物を制作しているようだ。これについては絵書き細工人が有田皿山から参らないでは制作できないはずである。平戸領や大村領でも、制作しているようだ。ゆえに早速調査したところ、薄手の上物はできないが、上方から細工人や絵書きが下って来て三川内辺りに住みついて制作しているので、それらの者が作った焼物を取り寄せてみたところ、皿山の物に似ても似つかぬくらいの下品《げぼん》のものである。しかし、皿山の赤絵も最初は甚だ見苦しかったが、十六軒の赤絵屋がめいめい心をくだいて絵具の調合法を工夫し、現在では「他家に洩らさず、家々の家伝になし、一子相伝」としている。よってこの節は各人から自分の取り締まり方法を立てて、それに違反ないように家職を営むよう規則を定める必要がある。

よって後日、次の通り協定された。

一　赤絵付けの二男、三男で、別の家業を営んでいる者も、今さら差し止められては、困るので、これまで通り別業勝手次第とする。

一　不意に病死した赤絵屋に実子なく、また実子があっても幼年で家業に従事できない、たとえば、親族の者で別居して妻を養育している者があり、嫡家を相続しなければならない時は、本人だけが嫡家へ引き越し、自宅はその子または養子などに譲って双方を相続するか、または赤絵屋の二男か三男に相応の者がいれば、たとい年齢不相応であっても赤絵屋の中から見立ててお家入りをさせるなどの相談をしたい。

一　赤絵付けの株を別に立てることとなれば、「職方手薄」になるので、二男、三男は別に家業につかせる。十六人の赤絵屋でも、絵付けする焼物が不足する時は、ほかの赤絵屋へ参って仕事をし、手の空かないよう仕事を繰り合わせるのは、どの職業においても同じである。
一　女子は赤絵の仕事には携わっていないので、書載の通りでよい。
一　赤絵屋に不相応な者があった時は、これまでは赤絵屋以外の者で、外から希望する者があれば役所へお願いして赤絵屋を譲ってきたが、このような処置はよろしくないので、近年は赤絵屋の二男、三男以外は一切他家に譲ることをしないよう仲間で申し合わせている。この通りお定めくだされたい。

この相続定法には、赤絵付け業者、庄屋金兵衛ほか十五名のものが署名した。この署名の中に柿右衛門の名前はない。特段に自前で赤絵付けを行っていたのである。

話は加藤民吉に戻る。

原明から有田の町に入った民吉は、名にし負う年木山の柿右衛門窯を目指した。しかし、中には入らない。すでにして、同窯が見知らぬ外来者に容易に門戸をひらくとは考えられない。近くでその窯場の威容を見守るだけで我慢するほかはない。

ついで宿屋に向かった。旅人宿である。有田には、商売人用の客屋と一般用の旅人宿の二種類があった。部屋へ通されると、すぐに亭主が手帳を持ってきて、民吉に尋ねた。

「お上の仰せにて、お客様の素性をお聞きすることになっております」

訊かれたことは、出身国、名前、用件である。

「天草から参った民吉と申します。用件はこの地の報恩寺へお使いにまいります。その傍ら、この町を見学していくつもりです」

「天草ですか。それはそれは、遠いところを、ご苦労さまです。天草と申せば、二十年ほど前にこんなことがありました。有田の皿山の絵書き細工人、下働きの者などが、よそへ出かけないように仰せつけられていたところ、忍んで天草へ行ったそうで、それがばれてお咎めをうけて、窯元は相応の科銀を払わされたそうです。このお触れは今でも生きております」

「して、それは何のゆえに」

「赤絵付けの秘密が漏れないようにとのことで、へい」

「それは、旅館と、何の関係があるのですか」

「手前どもの旅人宿はさほどではありませぬが、商売人用の客屋は、厳しゅうございます。よそから、有田焼の秘法を盗みにくる者があとを絶たないそうで」

「なるほど、よくわかった」

亭主は五兵衛と名乗った。

翌日、民吉は、赤絵町の一軒の赤絵付け業者を訪ねた。

年配の職人が出てきた。

はじめに、佐々から来た旅人であると名乗り、通りがかりに立ち寄った風を装って有田の見所をあれこれ尋ねた。お互いに気ごころが知れたところで、本題に入った。

「聞くところによると、この地の絵薬は格別との評判であります。ついては手前も、彼の地にて手に入れた絵薬を持っております。御地で試しに使っていただいて、品定めをしていただければ、幸いに存じます」

「どんなものかな」

民吉は、木原でもらった顔料の小袋を差し出した。職人は、紐を開け、中から粉末をとりだして掌にのせ、指の先で感触を試した。

「御地の絵薬と比較して、何かのご参考になれば幸いです」

「よかろう。しかし、窯焼きは、二、三日先じゃ。出来上がった頃に、来られるがよい」

「よろしければ、ご亭主のお名前を」

「久兵衛じゃ」

そのあと、民吉は、西方寺洞水和尚の言葉を思い出し、稗古場の報恩寺へ立ち寄った。宿を借りるためである。宿屋に長居することは憚られた。有田の旅行者への取り締まりは意外に厳しかった。宿屋での長居でいたずらに不審を抱かれてはならない。

ちなみに報恩寺は、杵島郡北方に天文六年（一五三七）頃創建された。延宝・天和年間（一六七三〜八四）、臨山東雲和尚の在任中、鍋島家三代藩主鍋島綱茂（松平信濃守）が、初代藩主鍋島勝茂の供養のため、同公を開基として、有田に移転、建立したものである。曹洞宗である。

老住職鶏峰普暁は、民吉の交通手形を見て安堵した模様である。

「西方寺のご住職はご健在かな」

「ご存じですか」

「一度ある江湖会でお会いしたことがある。して、ご用件は何かな」

「はい、申しあげにくいことですが、しばらく手前をここに置いていただきたく、お願いにあがりました。その間、お寺のご用件があれば、拭き掃除など何なりとつとめます」

「それはまたどうしたわけじゃ」

「路銀に少々詰まっております。五、六日も置いていただければ、訪ねたところの用件もすむ予定であります。ほんのしばらくです。よろしくお願い申しあげます」

民吉は頭を床板の面に擦り付けて、懇願した。

「そうか、して、訪ねたところとはどこかな」

民吉は隠すわけにいかない。素直に答えた。

「近所の久兵衛さまのところです」

「そうか、困ったときの神頼みじゃな。よかろう。ちょうど働き手のない折じゃ。寺の裏表、ふんばって掃除してくだされ」

老住職は訝《いぶか》る風でもない。数日の間、民吉は寺男の代役に励んだ。

ある時、話のついでに老住職は、有田の焼物がいかに朝鮮の人たちに世話になって今日に及んだかを、他国人の民吉に説明した。ついで、その人の墓がここにあると言った。

「どこにあるのですか。拝見したいものです」

老住職は、気軽に足を運んで、境内のすぐ脇の墓地へ案内した。

「これが、朝鮮から来た高麗婆《こうらいばば》・百婆仙《ひやくばせん》の墓じゃ。以前は武雄の内田皿山におられたが、亭主宗伝どのが亡くなり、この有田に一族郎党を連れてやって来たそうじゃ。元和四年（一六一八）頃だそうじゃ。窯場はこの近くの天神山で、今でも続いとる」

墓には生花が活けてあった。民吉は先人の墓にしばし手を合わせ、冥福を祈った。

「ところで民吉どの、拙僧はお主を焼物作りと睨んでおる」

意外な申しようである。

「なにゆえに、そう申されるのですか」

「久兵衛のことといい、この高麗婆のお墓参りといい、普通の者のすることじゃない」

「はは」

「拙僧の目に狂いはない」

「そうですか」

「かといって、お主を咎めだてするものではない」

「恐れ入ります。しがない一修業者であります」

「そうじゃろう。よくぞ言われた。そこで拙僧は考えた。仏法は、戒法こそあれ、ご法度とは関係ない。修業とて、そんなものじゃろう。この寺の檀家に内山の堤惣右衛門というお方がおられる。窯作りの職人じゃ。祖父幸次郎どのは広瀬山の口屋番の役人じゃった。惣右衛門どのは変わり種で、別の道を歩まれた。前日、この方が寺へ来られて、お主を見て、見かけん者だがと聞かれた。ことの次第を説明すると、わしの手伝いをしてくれんかと申された。人手が足らんそうだ」

「それは突然なことで」

「返事はあとでもかまわん。拙僧は、お主の路銀稼ぎにと思った次第じゃ、修業の手助けにはなるじゃろう」

「ありがとうございます」

住職の配慮は身にしみる。

翌日、民吉は久兵衛を再訪した。久兵衛の回答は不首尾であった。出来上がった赤絵の焼物を差し出していった。

「先日の絵薬は、うまく色合いがでない」

「どうしてでしょうか」

久兵衛は、自分のところの赤絵磁器を持ちだして、見比べさせた。

「問題は、二つある。胎土によるか、絵薬によるかじゃ。ここの泉山の胎土をもとに、わしらの絵薬で焼付けたものは、ほれ、こんなに立派なものじゃろう。わかるかのう」

「なるほど、ということは、手前が持参した絵薬は、ここの胎土には、合わぬということですか」

「その通りじゃ。わしらのは上等物じゃ」

「では、これを見てください」

民吉は、用意していた佐々市の瀬の自分で焼いた染付を差し出した。

「これは、手前が焼いたものです。よくご覧ください」

久兵衛は、有田での赤絵磁器と、民吉が差し出した染付磁器を見比べた。

「陶石の地肌の赤絵磁器の色合いと、染付磁器の色合いはどうでしょう」

「なるほど、赤絵と染付では違うが、わしらの磁器の地肌は白いが、いささか乳白色を呈し、色彩が鈍いように見える。それにお主の染付磁器の地肌には、純白の輝きがある」

「されば、ここの赤絵の絵薬によって、この純白の磁器に描かれれば、はるかによい赤絵染付が出来るのではありませんか」

「やってみねばわからん。して、この染付磁器はどこの絵薬を用いたものであろうか」

「天草の福連木《ふくれぎ》にて、某医者が楽焼きをなされておられます。そこでの紺青薬《こんじょう》（錦手の絵薬）の調合法が格別良いと聞いております。もし、有田での赤絵の調合法を教えていただいて、これを福連木に送れば、あるいはそのお礼に先方の絵薬を送り返していただくこともありましょう」

「では、いっそのこと、わしをそこへ同道願えまいか」

「いえ、行って掘りだすことはできません。手前は、この近辺へ別の用事で使いに来たもので、同道できかねます、申し訳ございません」

「そうか、我らとて、錦手の仕方を内々には包まず指図したとしても、万一これが窯仲間より洩れてしまえば、一命にも関わる一大事にて、成り難きことじゃ」

交渉は不調に終わった。木原山の上絵用の絵薬は、有田の陶石には合わなかった。しかし、得るものはあった。焼物は、その土地土地の陶石の性質とこれに合う絵薬が出合って、火によって融合し、はじめて焼物が出来るわけで、その各々の個性を尊重しなければならない。しかし、福連木の話は、民吉の方便であって、いささか心苦しいことであった。

寺へ帰り、民吉は住職へ、堤氏へ応諾する旨を申し出た。

堤惣右衛門が、築窯を請けた現場は、黒牟田山であった。現場にて泊まり込みの作業であった。惣右衛門は最初に手伝人五人を前にして、図面を地べたに置いて、説明した。

「この山の麓に、川側を頭にして山に向かって窯場を築きあげていく。まず地ならしである。窯は十八間《ま》の登り丸窯である。細部にわたっては、その時に教えるが、今日は新しい手伝人民吉もおることだから、おおよそのことをまずもって説明する。皆、頭の中に入れて、無駄なく、また怪我なく仕事をすすめてもらいたい。

まずは地盤作りじゃ。基礎がゆるければ、よか窯はできん。十八の間の窯の形になぞらえて、割り竹で、円形に帽子のように組み立てる。その上に粘土のかたまりを、土蔵の荒打ちをするようにたたきつけて塗りあげる。さらにその上に古窯を取り壊した材料を粉末状に砕いて、またたたきつける。乾くのを待って木槌で打ち固める。固まった土だけで、窯の土台が保てるようになれば、竹枠をはずす。窯の裏面から搦《から》めて塗り直しを行い、高低を平らにして、その土に石粉と粘土を混ぜ合せて、これを塗りつける。よいな」

民吉以外の四人の名は、五平、治兵衛、茂助、三郎助である。あとでわかったことは、五平は素人、治兵衛と茂助は荒仕子、三郎助は窯焚きであった。荒仕子と窯焚きはほかの親方に常用され、堤惣右衛門からは、臨時に雇われていたものである。小遣稼ぎであろう。

職階からいえば、窯の所有者が資本家である。「窯焼」と称する。窯焼に雇われているのが、細工人・絵付士であり、荒仕子であり、窯焚きを専業とする窯焚師である。

窯焼には二種類ある。登り窯全体を所有する者、つまり窯焼元と、登り窯の部分、一間二間などを分割所有するものである。ほかに、窯焼元から、部分的に一間ごとを借用するものがある。窯焼には、利用権があり、その程度によって賦課金が異なった。

民吉はすすんで三郎助と親しくした。

窯は順調に出来上がっていった。二十日もすれば、ほぼ形が見えてきた。民吉は、瀬戸での窯作りの経験もあったので、さほど困ることはなかった。それなりに手際の良さを惣右衛門から認められ、むつかしい手仕事を任されるようになった。しかし、三郎助が言うことには慎重に耳を傾けた。

「窯は、焼物作りの要じゃ。おろそかに作ってはいかん。窯焚が使いやすいように作らにゃならん。胴木間《どうぎま》（一番前の燃焼室）の焚口の大きさ、その一段上から階段状に上がっていく焼物部屋の広さ、天井の高さが、第一室から上にいくにつれ、次第に大きく高くなっていく、その加減は、焔の伝わり具合によって、微妙に相違していることがわかるようにせにゃならん。

そして、十番目の間の先からは、煙の排出を助けるサマの穴がある。ヲンザンじゃ。ようく見られよ。煙が煤となって滞っては、焼きもんが汚れるんじゃ。

焼き方は、胴木間から、まず薪を二、三本ほど投げ入れ、焚きつけ次第で大きな薪を投入する。前の窯が熱くなってくると、次に窯室の右にあけられた焚口から、窯焚き人がそれぞれ、下から上の段ごとに薪をくべていく。中の火加減は、色見の穴から、注意深く見守る。最上の窯室を『ふかし』という。ここでは、下の方の窯室から吹きあがってくる余熱を利用して素焼きをするところもある。煙突はない」

「して、焼き加減の要諦《ようてい》はいかがでしょうか」

「むつかしかことじゃ、ただ段々と試していくほかはなか。神様の気分次第じゃ」

窯が完成すると、試焼が行われた。窯焼主の親方、嘉九右衛門が立ち会った。三郎助の独擅場であった。新たに加勢にきた窯焚を指図し、寝る暇なき、窯焚きである。

こうして、「ならし」の試焼が終わったのは、窯作りがはじまって、三十日のちであった。嘉九右衛門は、酒肴を用意して、一同を労った。

民吉は、ほぼ満足であった。すでにして、瀬戸へ帰る時期は失していた。暇を申しでると惣右衛門は引きとめた。

「お主、ここで修業しつづければ、一廉《ひとかど》の焼物師になろうものを」

錦手の手法が取得できなかったのは残念ではあるが、潮時である。後髪ひかれる思いで、有田を後にした。

錦手

民吉は、有田から直接瀬戸へ戻らなかった。天草の東向寺を再訪したのである。四月下旬になっていた。

民吉はまずもって、天中和尚に帰来の遅れた理由を釈明しなければならなかった。

「まことに申し訳ありませんでした。天中和尚が佐々村に参られ、手前の帰国に関して、わざわざ、窯元福本の親方に、書状を遣わされるなどのご配慮をいただきながら、ついつい一年余もう ち過ぎて参りました」

「そうであったな。していかなることがあったのじゃ」

「はい、一つには、福本親方のご恩義に報い、お礼奉公のため長居してしまいました」

「それは当然のことじゃ。して、あとの一つは何じゃ」

「帰りに、寄り道したためであります」

「寄り道とはまた優雅なものじゃな。どこぞへ参ったのじゃな。よか女子衆でもおったかのう」

和尚は頬笑みを浮かべて言う。

「滅相《めっそう》もありません。肥前の有田へ参った次第です。もちろん、修業のためです」

「なるほど、して、収穫はどうじゃ」

「はい、残念ながら、はっきりこれというものはありません」

「そうか、何のためになったのか」

「有田焼の錦手《にしきで》の技を得るためです」

「何で、得られなかったのか」

「ご承知の通り、有田の錦手は門外他出禁止の秘術で、とても手前の手に負えるものではありませんでした」

「そうか、それはご苦労であった。できる、できないは修行の常じゃ。修行こそが、肝心じゃ。永平開山道元禅師はいわれた。修証一等なりと」

「しゅしょういっとうなり、とは、何でしょう」

「修行と証《さとり》も菩提心よりおこる、別々のものではない。菩提心はさとりを求めるこころじゃ。求めるこころがあれば、いずれは修と証にいたりつくものじゃ」

「そういうものですか」

「そうじゃ。永平開山は中国から帰られた時にいわれた。われ、空手還郷《くうしゅげんきょう》、つまり素手《すで》にて日本に帰る。何の土産もない。すでにして知る。眼横鼻直《げんのうびちょく》なることを」

「も少し、わかるように教えてください」

「人には眼が横に並び、鼻はまっすぐについておる。それ以外ではない。人にだまされては、いけない。お前さんのこの肉体、眼が横に並び鼻がまっすぐなものこそが、悟りの本体じゃ。ほかのものは、飾りものじゃ。お前さんが、何の成果もないと恥じることはいらぬ。すでに、得るものがなかったと知ったことは、得るべきものがなおあることを、知ったということじゃ。忘れるでない」

「むつかしきことです」

和尚の言葉は、辛辣であった。しかし、なんとなく、さわやかであった。

民吉は、その夜は東向寺に泊めてもらい、翌朝、四月二十三日、高浜村に向かった。

庄屋上田源作は在宅していた。三年ぶりの再会である。民吉は、無音に過ごした無礼を謝し、このたび、国元よりの呼び出しがあり、帰国するので、先年の恩義もあり、ここにお別れのため参上した旨、挨拶した。

「して、修業の方は如何であられたか」

「はい、お蔭さまで、佐々の市の瀬焼では、福本家より、上薬、青地（青磁）、染付、さらに窯焚きのことなど、充分伝授いたされました。もし、ご所望あれば、この内容をお伝え申しあげる所存にございます。しかし、赤絵の錦手の手法につきましては、当家にて取り扱っておらず、会得できませんでした。よって本場の有田に立ち寄った次第にございます。つきましては、有田ではこんなことがあり、是非ともお耳に入れておかねばなりません。赤絵町の赤絵業者に立ち寄り、赤絵の絵薬につき伝授方お願い申しあげたところ、話の過程で、手前が天草の福連木のあるお医者が楽焼きをなされて、紺青の薬のよいものをお持ちであると言ったところ、その亭主が、是非見たいので天草に連れていってくれと申されました。そうなっては困るので、あなたの上絵の方法を教えてくださるならば、そのお礼に天草の絵薬を送り届けるよう取り計らう旨申しあげたところ、その人は断っていわれました。かりに、我ら、錦手の方法を仲間内に指図したとしても、窯仲間よりこれが他に洩れては一命にも関わる問題となろう。それほど用心を要することを、なんで氏素性の知れぬお前さんに教えられようぞ、と拒絶されました。よって、これは沙汰止みとなりました。ついては、このことにつき、後日、有田より尋ねてくるようなことがありましたら、なにとぞ、よろしくお取り計らいくださいますようお願い申しあげます」

「なるほど、それは宜しくない。福連木とは同村の庄屋尾上文平どののことであろう。もし、尾上どののところにでも来れば、災難であろう。よくよく慎まれたい。もし、我らのもとにお尋ねがあれば、そんな与太者の話は聞いたこともないとして、お帰り願うしかない」

「はい、ありがとうございます」

「して、お主のことだが」

「何でしょう」

「かほどの一命にも関わることにもひるまず、錦手の手法を求めて遠国からここに来られたのは、尋常のことではない。お主の一存であろうか」

「申し訳ありません。先ほどの有田での不都合のことといい、万一お上に知られればただではすまぬことは、重々承知のことであります」

「しかし、そうなっては、これまでの修業の結果が水泡に帰すやも知れぬ。後悔してもしきれるものではない」

「ご明察の通り、手前は瀬戸より遣わされた陶工にございます。一命にかえても、使命は果たさなければなりません」

「そうであろう。使命とは、よくぞ言われた」

「手前の父は窯焼の加藤吉左衛門、兄も窯焼の吉右衛門、弟弥三郎も窯手伝いであります」

「瀬戸焼といえば、かの陶祖加藤藤四郎春暁どのがおられたところじゃな」

「ご存じでありますか」

「知らないですむものか。わしら、陶業を営むものにとっては、大先輩ではないか」

「陶祖の窯跡は手前の住居の近くにあります。手前の本家は大松家といいまして、陶祖の末裔といわれている山陶屋清助の分家であります」

「なるほど」

「しかし、瀬戸焼も今は名ばかりで、陶業者の存続も危ぶまれます。磁器の技術と生産が、御地、天草をはじめ肥前の窯元に比べて大幅に立ち遅れております。それを挽回するためにも、是非、肥前の磁器や赤絵の技術を取り入れなければなりません」

「先ほどお主は加藤と姓を名乗られた」

「はい、瀬戸の陶業者間では、加藤は名誉の象徴です。我が家もこれにあやかって、祖先が自称したもののようで、公のものではありません」

「なるほど、よくわかった。ついては、当高浜窯も錦手を焼いておる。有り体にいえば、焼いておった。お主が望むなら、教えてもよい」

「まことでありましょうや」

民吉は衝撃を受けた。

「わしに二言はない。お主の心構えにこたえる気持ちになった。よければ、一両日中に礼作が、内野から帰ってくるはずじゃ。それから、調合書を渡すことにする。今夜はゆるりと休まれるがよい。明日は窯場へ案内させる」

ちなみに、礼作は、源作の弟で焼物師兼皿山の総支配人である。その夜、民吉は熟睡した。

翌日、皿山で、民吉は旧親方の幸右衛門に再会し、ことの経緯を説明、了解を求めた。幸右衛門の関心は、やはりよその窯のこと、つまり佐々でのことであった。民吉が、市の瀬窯で使用する素地が天草陶石であるというと、さもありなんという顔になった。

「して、そのほかは」

「はい、網代石です」

「粘土は使わないのか」

「使わないことはありません」

「そうか。して、それで焼いたことはあるか」

「はい、あります。青磁を作りました」

「ここ天草にも、赤土がある。かねてから、わしはこれを試してみたいと考えておった。現物を見てくれんか」

「わかりました」

四月二十五日午後、二人は、高浜の町はずれの野比良《のひら》の山麓に行き、そこで赤土と赤石を採取し、それを庄屋家へ持参した。

上田源作は、幸右衛門の説明に興味を示した。

「おもしろい。むしろ、加藤どのに経験がおありであれば、わしらの窯場でこれを焼いてもらってはどうじゃ」

「ありがとうございます。加藤どの、いかがじゃ」

「はい、手前でよければ、異存はございません」

源作が言った。

「楽しみじゃ」

二人は、源作から、夕食に一献いただき、夜道を皿山へ戻った。

源作は、別れ際に民吉に断った。

「まだ、礼作が帰らん。も少し、待たれよ」

錦手の調合書のことであった。

五月一日、皿山の四番窯の火入れが行われた。民吉は、試作品をこれに託した。

五月三日、窯焼き中に、幸右衛門と民吉が同道して、再度庄屋宅に来て、持参した試焼用の釉薬の調合物を源作に披露した。

「これにて、先の赤土に染付をほどこすものです」

「なるほど、陶胎に呉須にて絵柄を描き、染め付けて釉薬をかけるわけか」

源作はものめずらしく手にとって見入った。

幸右衛門が言った。

「この皿山で、陶胎染付が見られるとは、めずらしきことじゃ」

「どのように仕上がるかは、見ての楽しみじゃ」

源作が相槌をうった。

民吉は謙遜して、答えた。

「いまだ赤絵は経験がありませんから、ここの物には及びもつきません」

幸右衛門が言った。

「赤絵の経験がおありでないとは」

「はい、これからでございます」

「庄屋どの、このご仁は赤絵のお弟子ではないのか」

「いいえ、弟子ではありません。お客人です」

「何と、それは残念なことよ」

民吉は、源作から五番窯の札を託されて、皿山へ帰った。

五月五日、民吉は、源作に暇乞いした。長々と滞留することは、気持ちのうえでもよくなかった。源作はいった。

「まだ、試焼品は出来上がらぬか」

「申し訳ありません。あとのことは、幸右衛門さまによしなにお頼みしております」

「そうか、わしもお主との約束を果たさねばならぬ。礼作が内野から帰ったのが、四月の二十七日であった。要点は伝えておる。いろいろことが多くてな。清書せねばならぬ」

「ありがとうございます。されば、手前からも、市の瀬焼の調合を申しあげます。お書き留めくださればば助かります」

源作は記した。

一　上薬四合灰　火前土　　天艸六荷　　但　上ツミ中ツミ此土ヲ用イ
　　　　　　　　　　　　　アシロ四荷　　　下ツミハ中土ヲ用也

一　同　五合灰　　中土　　　天艸五荷　　　但　同断
　　　　　　　　　　　　　アシロ五荷　　下ツミハ奥土ヲ用也
一　同断尤少灰ヲ増ス奥土　天艸四荷　　　但　同断
　　　　　　　　　　　　　アシロ六荷　　下ツミハ奥下土用也
一　同　六合灰　奥下ツミ土　天艸壱荷
　　　　　　　　　　　　　　アシロ九荷
〆　但正座一間半ナラハ　半間ハ火前ト云　中半間ヲ中ト云
　　奥半間ヲ奥ト云也
右之通調合致候得者　作候品取違無之様専要之事
右承候儘記置者也

この奥と火前は、火前を前にして奥へ向かい、右から上中下と製品を並べる、窯の中の九カ所の位置を示す。以下、意訳する。窯焼きの部屋の広さは、一間半四方である。

一　上薬は四種の灰合で、火前の素地土は、天草陶石六、網代石四の割合である。但しこの火前土は上積と中積に用い、下積は中土の四合灰を用いる。

一　上薬は五種の灰合で、天草陶石五、網代石五の割合である。但しこの中土を上積と中積に用いるは右と同じで、下積は奥土を用いる。
一　上薬の五合灰は右と同じで尤も少なく灰を増す、これを奥土とする。天草陶石四、網代石六の割合で、上と中の積は、前例通り、下積は奥の下土を用いる。
一　上薬は六合灰で、天草陶石一、網代石九の割合で、奥の下積土に用いる。
以下略。


翌五月六日は、前日の雨も止み、晴れとなった。恰好の旅行日和である。民吉は改めて上田庄屋宅を訪れ、最後のお礼の言葉を述べた。源作は、用意した錦手の伝授書を民吉の面前に広げ懇切に読解し、民吉が納得すると、これを奉書に包んで手交した。民吉はこれを両手で押し頂いた。

「帰国のあかつきには、瀬戸焼の茶器並びにご参考までに瀬戸の絵薬をお送り申しあげます。ありがとうございました」

「これはまことにありがたい。当節、良質の絵薬は得がたいものでござる。我らが取引先大坂の備前屋徳兵衛方へ遣わされれば、ことなく送られましょう」

「わかりました。ついては一つお願いがあります」

「なにごとであろう」

「皿山でご使用の蹴り轆轤を一つ、お手数ながら、瀬戸へご寄贈くだされば、幸いにございます」

「わかった。気安いことじゃ。あとで送って進ぜよう」

民吉は、源作から東向寺宛ての封書をあずかり、上田家を後にした。源作と幸右衛門が見送った。時に源作は五十三歳、民吉は、三十七歳であった。

東向寺へ着いたのは、夕刻であった。早速、民吉は報告した。天中和尚の面前に、上田庄屋から赤絵錦手の「焼物秘伝書」を広げ、上田家の好意を披露した。

秘伝

　タ　五モ
一　ロウ　八フ　朱がき
　トウ　四フ
　タ　四モ
一　ロウ　壱モ　朱だミ
　トウ　壱モ
　タ　五モ
一　ロウ　七フ　あ

　タ　五モ
一　グン　壱モ　ぐ
　トウ　弐モ
　タ　四モ
一　クス　壱モ　く
　トウ　壱モ
　タ　五モ
一　黄干　八フ　き

トウ　弐モ弐フ　トウ　二フ
タ　五モ　キ　壱モ
一　クス　壱フ　む　一　ホウ　二フ　山吹
トウ　壱モ六フ　トウ　二フ五リ

右者秘事候得共御執心之実意外口授を以相伝致候　決而他伝有之間敷者也
文化四年丁卯年五月□（空白）日　上田源作
宣珍書判
加藤民吉殿

意訳する。

一　タ（白玉）五匁　ロウ（緑礬・ベンガラ）八分　トウ（唐土）四分　朱がき（朱色の線書）
一　タ（白玉）五匁　グン（群青）一匁　トウ（唐土）二匁　ぐ（群青色）
一　タ（白玉）四匁　ロウ（緑礬）一匁　トウ（唐土）一匁　朱だみ（朱色のだみ書）
一　タ（白玉）四匁　クス（呉須薬）一匁　トウ（唐土）一匁　く（黒色）

一　タ（白玉）五匁　ロウ（緑青）七匁　トウ（唐土）二匁二分　あ（緑色）
一　タ（白玉）五匁　黄干（黄土か）八分　トウ（唐土）二分　き（黄色）
一　タ（白玉）五匁　クス（呉須薬）一分　トウ（唐土）一匁六分　む（紫色）
一　キ（金）一匁　ホウ（硼砂）二分　トウ（唐土）二分五厘　山吹（金彩）

以上、タ・ロウ・トウ・クス・グン・キ・ホウの呼称は、絵薬の原料をさし、これを調合して、焼きつけたあとの発色が、朱がき・朱だみ・ぐ・く・あ・き・む・山吹であらわされているようである。


天中和尚が言った。

「何やら符号ばかりで、素人にはわからんな」

「専門用語で、しかも簡単に書いてあるので、瀬戸に帰ってから実地に試して、確認していかねばなりません」

「赤絵とは不思議なものじゃな」

「はい、今まで、染付の藍色ばかりで、風景や花木を表現していたものが、朱、黄、紫、黒、緑、群青、山吹などと表現豊かに焼いていかなくてはならないので、いきおい難しく、精致を究めたものが求められるのです」

「しかし、お主は幸運なものよ。ついに宿願は達せられた。そうじゃろう」

「はい、これも和尚のおかげです」

その二日後、意外なことに、高浜から陶工三人が、民吉を訪ねてきた。惣作なるものが懇望した。

「我ら三人、このたびの民吉どんのご帰国に際し、瀬戸までお連れ願いたい」

「それは、また何として」

「瀬戸は天下の焼物の産地でござる。是非とも瀬戸での技を教えてくだされ。これは、上田庄屋もご承知のうえじゃ」

「お気持ちはわかった。ただ、手前は、ここに一人で参った。だからというわけではないが、お一人ならば、同道いたしましょう。いかがでしょう」

三人は、顔を見合わせて、ひそかに話し合った。惣作が代弁した。

「やむをえません。一人にて、ついて参ります。ついては一存では決められません。急ぎとってかえし、相談の上、参上いたします。しばしご猶予くだされ」

惣作が東向寺へ戻ったのは、三日後のことであった。結局、あとの二人が辞退したのである。

同年五月十三日、民吉は惣作を同伴にて、東向寺を後にした。

天中和尚は、交通手形を交付し、あわせて旅費五両を貸与した。手形は次の通りである。

　当寺家来民吉儀　今般用事につき尾州名古屋迄差し越し候条　海陸滞りなき為一札件の如し

文化四年卯五月
所々　御改聚中
御料（領）肥後天草
東向寺　副寺　印

折しも当日は雨であった。二人は本戸の湊から舟で、熊本へ向かった。

ちなみに、民吉が高浜窯で作った茶碗などは、後日、上田源作から、役人谷川氏へ贈答用として送られた。

五月二十日、源作は日記に記している。

一　尾州茶ワン茶サシ幷谷川様御調焼キ物　右人足ヨリ為持遣ス
（尾州民吉作の茶碗・茶さし並びに谷川様お調えの焼物を、右人足に持たして遣わした。）


民吉らは、天草の上島、大矢野島の北辺を東行し、宇土半島の西端、三角《みすみ》に上陸した。そこで物作が言った。

「この先の網田《おおだ》村に窯元があります。高浜焼とは縁故のある窯元です。行ってみましょう」

これより先、宝暦十二年（一七六二）、高浜村庄屋上田伝五右衛門を補佐して、高浜皿山を初めて開窯したのは、山路《やまみち》幸右衛門である。幸右衛門は、肥前大村藩領の長与《ながよ》の皿山の出であった。時に五十九歳であった。安永六年（一七七七）、幸右衛門は死去し、長男山道《やまみち》喜右衛門が高浜皿山を継いだ。四十四歳であった。

寛政四年（一七九二）四月、高浜村庄屋に、肥後の宇土支藩の郡奉行の使者が訪れた。武藤勝平といった。

「当支藩六代当主細川立礼《たつひろ》様直々《じきじき》の思し召しにより、このたび当藩に御用窯を開かれることとなった。ついては、その窯の開基につき、ご協力を願いたい」

庄屋上田源作は、山道喜右衛門に相談し、山道一家にてこれを引き受けることに決した。

同年暮に、網田村にて、郡奉行所の費用負担で新窯が完成した。窯元の監督は郡吏武藤勝平であった。

喜右衛門は弟三人を網田村に同伴した。上から次弟弥助五十三歳、三弟小次郎四十四歳、四弟勝次郎（勝右衛門）は三十五歳であった。ちなみに喜右衛門は五十三歳であった。

高浜の上田伝五右衛門は、寛政元年（一七八九）家督を長男源作に譲り隠居していた。源作は二十三歳で、高浜村庄屋と皿山・高浜焼経営を引き継いだ。源作は山道家が抜けたあと、皿山を地元の赤崎家（戸主円右衛門）、柳本家（戸主幸右衛門）、野口家（戸主貞五郎）の三人に任せた。窯屋三人制である。

民吉が網田焼を訪ねた時、網田焼の当主は柳本勝右衛門（文化初年、山道勝右衛門改姓）であった。長兄喜右衛門が寛政十年（一七九八）に死去したので、あとを継いだのである。

勝右衛門は、惣作から高浜から来たと挨拶されると、親しみを込めて歓迎した。自分で茶をたて、自作の茶碗でもてなした。染付磁器である。陶石は高浜から取り寄せていると紹介した。民吉は尋ねた。

「天草石のほかに、どこぞお取り寄せの石はおありですか」

「肥後の佐敷村の二見《ふたみ》というところから仕入れています」

「肥後にはほかに御用窯はありますか」

「加藤家が改易になったあと、細川忠興《ただおき》さまが豊前から入国されました。その時、豊前の上野《あがの》焼の陶工尊楷《そんかい》を連れてこられて、八代《やつしろ》郡高田郷に新窯を築かれました。寛永十年頃のことで、現在、高田《こうだ》焼、または八代焼とも呼ばれています。

また、ご嫡男細川忠利さまも同時期、豊前から源七という陶工を呼ばれ、これは、肥後の北部、玉名郡宮野村に小代《しょうだい》焼を開かれました。いずれも、豊前の上野焼の系統で、わしら肥前系のものとは、別のものです。

もっとも尊楷は、朝鮮の役の文禄二年、加藤清正公によって、朝鮮から連れてこられて唐津に留め置かれていたのを、細川公が招かれて慶長七年に豊前上野村に開窯させられたそうで、高田焼も高麗青磁の流れをついでいるといわれます」

「そうですか。いずこも、昔の朝鮮の焼物師の恩恵に浴しているわけですね」

ついで勝右衛門は窯場を案内した。窯は五連房の登り窯である。ほとんどが、高浜の皿山の様式に倣っているようである。従業人は高浜焼からの関係者男女十人をふくめ、三十人ほどがいた。天草の関係者は出稼ぎ人である。焼物師は、勝右衛門のほかに先代幸右衛門の従弟、吉治郎、円吉、それに地元の長尾利藤太（喜右衛門の二男、山道清次郎が長尾家に養子となり、のち長尾窯の初代となる）であった。

民吉は思い切って尋ねた。

「色絵は焼いてありましたか」

勝右衛門は答えた。

「最初の頃はやってみました。しかし、うまくいきませんでした。高浜焼でも、先々代の幸右衛門の時に、金入りの赤絵はなかなか出来ず、大村藩領（波佐見）からとくに赤絵の焼物師を高い賃金を出して雇って習い、数年にしてようやく錦手の色合いを出せるようになったそうで、それまでは専ら青絵の染付によっていた時代があったそうです。一番盛んな時は、安永六年（一七七七）頃、長崎奉行柘植《つげ》長門守さまの仰せで、長崎出島で阿蘭陀《オランダ》仕向けの焼物の、青絵染付、赤絵錦手などを店売りした時だそうで、それは見事なものであったと聞いております」

「して、その後、高浜での赤絵はどうなりましたか」

「長崎へ出した赤絵は、先代幸右衛門の作品でした。二年後、その焼物が不出来になり、需要が減退し、また採算が取れないこともあって、出島の店も閉鎖され、さらにその二年後の安永十年（一七八一）にはオランダ交易も中止となりました。もっとも、これは高浜だけの問題ではありません。折から有田焼のオランダ向けの輸出用の錦手が最盛期でしたが、この有田焼さえ岐路にたちました。なんとなれば、中国の景徳鎮の焼物が、明国が清朝に倒された時期、一時衰退して交易もままならなかったものが、康熙《こうき》（一六六二年）、雍正《ようぜい》（一七二三年）、乾隆《けんりゅう》（一七三六～九六年）時代へかけて巻き返し、輸出を増大し始めたからです。国内だけでなく、国際的にも品質と価格の競争が激化しました。そして、悪いことに、オランダ交易を推進していたオランダ東インド会社が、オランダ本国でのイギリスと抗争の余波を受けて、ついに寛政十一年（一七九九）解散して、輸出は激減しました」

「そうですか、高浜焼が不出来とはそんなことですか」

「そうです。しかし、有田焼にはなお、国内で販路を開拓していく力がありました。伊万里を通じて、大坂や江戸方面に販売を拡張しました。有田の錦手に技術が追いつかなかった高浜焼はそうはいきませんでした。そのようなわけで、先代も隠居してしまい、わしらも赤絵を断念しました。有田焼にはかないません」

「どうしてかなわないと思われますか」

「その手法もさることながら、その意匠の卓抜さ、絢爛《けんらん》たる豪華さには及びもつきません」

「なるほど、難しいものですね」

民吉は、開窯後十五年余の網田焼の苦労に同情を禁じえなかった。

「どうか今後ともお励みくだされ。ご期待申しあげます」

「なんの、瀬戸のご仁こそ、高浜での修業を花開かれんことを」

その夜、民吉らは、同地の平田城下に一宿した。

平田城は、天正六年（一五七八）、薩摩の島津義久によって安堵された宇土城主名和《なわ》顕孝の支城である。顕孝は平田城主に家臣加悦《かえつ》大和入道素心をあてた。

豊臣秀吉は、天正十五年（一五八七）の島津攻めのあと、肥後一国を佐々成政に宛行った。宇土氏は佐々成政の与力となった。ここに佐々氏の治政に反対して、国衆一揆が起こった。しかし、顕孝は中立を保つべく大坂にあがり、釈明した。ところが、地元宇土城代名和顕広（顕孝の弟）は開城を拒否し逃亡、出水《いずみ》で島津義虎に殺害された。一揆が鎮圧されたあと、顕孝は筑前に五百石を宛行われ、小早川隆景に属した。

肥後南半国は小西行長に与えられた。しかし、関ケ原の役で、行長が処分されると、あと加藤清正が領した。その後、一国一城令で平田城は廃城となった。

翌朝、民吉は、さほど高くない平田城跡を目にして、登ることを思いたった。しかし、宿屋の亭主が、城跡は荒廃して見るものはない、まして登っても天草は見えないというので諦めた。

民吉らは、熊本への街道を、左に有明海を隔てて雲仙岳を見ながら宇土に向かった。ここにて薩摩街道に左折すると、ほどなく川尻である。ここで一泊した。四年前、天草への期待で胸をふくらませて、眠れぬ夜を過ごしたことが思い出された。

熊本から先は、豊前街道である。北上して南関を過ぎれば、筑後である。筑後川を渡り、肥前の田代から長崎街道に入る。筑前の山家《やまえ》を直進すれば、飯塚の先、終点豊前小倉である。しかし、山家で左折して二日市まで足を延ばし、右折して太宰府に至った。名にし負う菅原道真をまつる安楽寺天満宮である。

もと右近衛大将二位右大臣菅原道真は、二年余の流謫の末、落魄のうちにこの地で果てた。民吉は、道真の無念を慮り、それに比し、自分の無事帰国の安穏を謝し、参拝した。

博多では、筥崎八幡宮を参拝した。祭神は武神の応神天皇である。民吉は己の心の猛々《たけだけ》しくあらんことを願い祈ったことであろう。

博多からは海行した。玄界灘を東行し、下関で乗り換え、瀬戸内海を東進、難波から陸路伊賀を抜け、伊勢の津に至り、迂回して伊勢神宮に参った。ようやく大任を果たす思いであった。

伊勢から逆戻りに四日市に出、舟を得て熱田へ到着した。ここから父吉左衛門へ、帰国到着の予告を速報した。

大曾根の坂上の美濃家が定宿である。宿屋では、民吉の両親、兄弟、親類が待っていた。三年四カ月ぶりの再会である。一同、祝盃をあげて、民吉の生還を祝った。六月八日であった。天草から三十六日の緩々《かんかん》たる旅であった。

風火神童君

民吉は瀬戸に戻り、まず深川神社に参詣、大願成就を謝した。ついで、七月三日、父と加藤唐左衛門を同道して、代官水野権平に帰還報告をした。

唐左衛門は、民吉が天草へ立ったあと、瀬戸の本業焼兼新製焼の取締役に就任し、その翌年には、加藤の名字を許されて、加藤唐左衛門高景と称していた。また文化三年（一八〇六）には、尾張藩主より一代限りの帯刀御免となっていた。

代官は藩主徳川斉朝《なりとも》に上申して、民吉に上絵薬と酒肴料を賞賜し、労をねぎらった。同時に唐左衛門にも、民吉の九州派遣の成功を援助した功績に対し、上絵薬十貫目と御酒料として金三両が下された。

ちなみに、二人に交付された上絵薬は、貴重品であった。この時期、瀬戸での呉須の産出は少ないので、十貫目余の多量なものは、おそらく中国産であったろう。

民吉の仕事の最初は、新しい登り窯の建設である。北新谷の自宅裏手の山麓にある父の大松屋の古い丸窯を土台にして、五間の連房式に改造した。市の瀬と有田での経験が大いに役立った。

物作を助手として、兄吉右衛門晴生の窯の従業人がこぞって手伝った。それにもまして、見物人の多いことは、かつてない見世物であった。

窯が完成するとすぐに染付磁器の生産に入った。手始めに火入（火鉢）、丼物、皿などを焼いた。天草からもらってきた蹴り轆轤が役にたった。物作も手慣れたものである。生産効率は飛躍的にあがった。

ここで問題は、磁器の原料である。天草陶石の調達も、すぐには間に合わない。瀬戸地区の蛙目粘土や風化花崗岩、白石、キヤマ石などを利用するほかはない。また、柞灰《いすばい》もない。民吉は唐左衛門に相談し、早期に天草陶石の代替品の確保とあわせて、柞の木の調達を頼んだ。

十一月十三日、民吉は父に相談して、天草の天中和尚に、借用銀の返済とお礼状の送達を頼んだ。

十二月、民吉は染付焼御用達になり、年々雑用金として、銀五枚を給与された。

天中和尚から返信があったのは、翌年のことである。口語体とする。

去年十一月十三日の書状、当月二十六日届いた。忝《かたじけな》く拝見した。いよいよもって、堅実にお暮らしの由、珍重に存ずる。されば、民吉どの逗留のお礼として、結構なる品々お送りくだされ、うやうやしく頂いた。民吉どの追々細工もはじめられた由にて、お上へ献上など出来、御褒美の趣、影ながら、大慶に存ずる。この節幸便に任せ、右御礼を謝すことこの如くにござる。

余は重便に期す。

草々

五月晦日

東向寺

加藤吉左衛門　貴台

文化五年（一八〇八）五月、民吉には苗字加藤が公認された。免状を読み下す。

春日井郡瀬戸村

染付御用達　民吉

一代切《きり》に苗字を差免に候

右の通り申し渡す旨御勘定奉行衆申し聞かせ告げられ候

辰　五月

一代限りとはいえ、自称加藤を晴れて公認されたのである。名誉といわねばない。この夏、民吉は、天草の上田源作からの六月九日付の書状に接した。口語体とする。

一筆啓上する。暑気にむかう砌《みぎり》、いよいよ御健勝のことと存ずる。されば、遠州秋葉宮へ代参のため、勇右衛門を遣わすので、次第によってはそこもとへ立ち寄るかもしれない、よろしくお願いいする。

一　去る夏、当地を御出立のおり約束された茶碗並びに一物を大坂の備前屋徳兵衛方へ御差し向けられたであろうか。当四月までには同所へ達していない由、もし途中で間違いなどあれば、この節お取り調べくだされたくお願いいする。

一　兼ねて思し召し立てられた南京焼きの赤絵錦手など出来上がったでしょうか。その後何の結果も承らず、如何かと案じている。随分とお志を達せられるよう、これあれかしと祈っておる。この方の様子は勇右衛門より御聞きくだされ。

一　東向寺方丈は随分ご壮健に遊ばされているので、ご安心ください。右見舞いかたがたこの通りでござる。

六月九日　上田源作

尾州春日井郡瀬戸村焼物師

加藤民吉様

父加藤吉左衛門　兄同吉之助　弟同弥三郎

上田源作が勇右衛門に口上として言い含めたことは次の通りである。勇右衛門は、小豆島の出身で、上田家陶開屋の番頭である。

「遠州秋葉宮へは、去る子年の冬願いを立てた。五カ年の内に参詣するはずであったが、延引したので、このたび代参として勇右衛門を遣わす。よろしく御祈禱願い奉る。最も来巳年より五カ年の内に拝礼に登りたく存じ奉る」

当時天草の高浜では疱瘡が流行っており、その平癒祈願のための秋葉宮参拝であった。

民吉は忸怩《じくじ》たる思いであった。帰国以来の慌ただしさに、錦手の赤絵までには手がまわっていない。父吉左衛門が詰問した。

「この、一物とは何か」

「瀬戸の呉須のことです」

「それを差しあげることを約束したのじゃな」

「そうです」

「それに、赤絵焼も約束したのじゃな」

「その通りです」

「どうするつもりじゃ。お世話になったならば、お返しするのが当然のことじゃ。目先のことばかりじゃ駄目じゃ。よいな。こころしてやらねばならぬ、申し訳ないことじゃ」

「はい、そのようにいたします」

「しかしじゃ。瀬戸では、掘り出した薬石は比類なき品質で、掘り出し人は勝手に処分できない。

取締所へ持っていき吟味の上お買い上げになって、お蔵納めとなるのがしきたりじゃ。どうする」

「お取締所より分けてもらえませんか」

「馬鹿な。自分でどうしても必要なら分けていただけるが、人のためとは理由にならん」

「そうでしょうか。それでは、ほかの所をさがします」

「約束は簡単にするものではない」

吉左衛門はいつになく不機嫌であった。

民吉は惣作に命じ、早速染付焼のほかに赤絵焼の段取りをさせた。赤絵窯の開設である。しかし、染付焼はほどほどにできるようになったが、赤絵焼は不如意であった。瀬戸の陶石に合う赤絵用の顔料と、その調合を見い出すまでにはなお時間を要した。


同年八月二十九日、上田家番頭勇右衛門は、遠州の代参も滞りなく終え、上田家の所有する明徳丸で帰還した。源作への報告は次の通りである。口語体とする。

美濃の国御領高山（岐阜の土岐郡岐口村）の宿にて絵具を調え、栢屋《かやや》甚四郎と申す薬屋にて五日滞留した。瀬戸村より山越え五里、高山より池田、内津、坂下、勝川、名古屋と出る。この間八里である。名古屋より清洲の稲葉に出、日下部《くさかべ》村常楽寺へ参る。尾州宮の飛脚問屋は甲斐屋と申した。絵具指札に尾州名古屋の小杉町に白木屋太兵衛というのがある。

常楽寺は曹洞宗寺院である。同じく曹洞宗の高浜の隣峰《りんぽう》庵主海運長老が、常楽寺義憶《ぎおく》大和尚と昵懇であったので、その縁で絵薬の調達を依頼していたものである。

勇右衛門は、この時瀬戸村の民吉を訪ねた。民吉は上田源作に申し訳ない旨を伝言した。これより先、民吉は藩より加藤姓を公認されたあと、上田源作にお礼の手紙を東向寺経由で差し出していたが、絵薬などのことには触れていなかったのである（この手紙は六月二十三日、東向寺典座《てんぞ》から上田家に届けられていた）。

民吉は、当地の絵薬に関する統制を説明し、しばらくの猶予をお願いするほかはなかった。勇右衛門は、頭陀袋から一袋の物を差し出していった。

「ご当主（上田源作）より、ほれこの通り、あなたへ、高浜で使われている呉須を見本に小々あずかってきております。瀬戸に行ったら、本場の薬とよく見比べて判断せよ、とのことでございました」

「そこまでのご配慮をいただきながら、申し訳ございません。して、今度は高山まで行かれたとか、ご収穫はおありでしたか」

「少々はありました。しかし、瀬戸物の盛況にはかないません。是非とも、よろしくお願い申します」

民吉は、土産を託し、惣作と二人で、勇右衛門を丁寧に送り出した。勇右衛門と会ったことで、少しは気が晴れる思いであった。

のちの文化七年（一八一〇）、上田源作は、「陶山遺訓」の中で言っている。

「……殊に絵薬は価貴《あたいとうと》きものにて時により求めかたき事あり、それを素焼きして見れば掛け目三割余も減じしを、ぎんだりにて挽き、乳鉢にて夜となく昼となく摺蕩《すりとか》し、水飛《（ママ）》するまでの事を思い、大切に取扱い、捨費なきようにせざれば、必ず冥加につくべき也」

美濃の絵薬は、のちに美濃から高浜に送られてきていた。「上田源作日記」は記す。文化十一年八月二十三日付である。

一　濃州の和紺青（絵薬）四十八斤入り一箱　大坂毛馬《けま》屋より送り来る
一　和紺青六百四十目入り二十五俵（此斤百斤）　濃州土岐《とき》郡土岐口村土本平八
一　同入り二十四俵（此斤九十五斤）　同　土本作右衛門代弥蔵
右四箱に入り大坂迄右両人持参　毛馬屋より代銀相渡し　右之内十二袋入り
壱箱作右衛門仕出之内今日到来　相残三箱毛馬屋へ預かり有之

ただし、これは民吉が送ったものではない。勇右衛門が采配したものである。

文化八年における瀬戸の窯屋は、新製焼窯が五十六軒、最大の文政五年（一八二二）では、新製焼窯が九十一軒、本業焼窯が六十六軒であった。合計一五七軒である。

享和元年（一八〇一）新製焼が始まった時の軒数が十六軒であったことに比し、この間二十一年で、新製焼窯の増加は、七十五軒にも達した。

民吉の新窯建立の影響力の効果大なるものがあった。民吉の持ち帰った染付の技術は秘密にされなかった。これには、修業先での染付の技法の秘密主義に民吉が苦労したことが、反面教師としてあったからであろう。

ちなみに尾張藩が惣窯屋御取締之事として制限を加えるのは、のちの文政五年（一八二二）のことである。

一　窯職の者、他領へ罷り出、新規窯取建て候者は已来流罪仰せ付けられ候事

一　御領分の者共、瀬戸窯屋職業を主に練仕わし、他領へ参り新規に窯取立て候者、又は他領の窯へ参り窯職え《（ママ）》指障り仕り候者は、百日の入牢仰せ付けられ候事

但し、他領より窯職方へ付き、已来召し抱え候儀は勿論、窯職請書たり共、村方に一切差し置き申す間敷き事

文政五年午正月　　本業取締役　高嶋十左衛門　加藤清助

水野御陣屋

この文化五年（一八〇八）、尾張藩は窯業界支援のため、窯屋一同に対して金一五〇両を、無利息、二十年の期間で貸し付けた。また、その翌年には、薬石見立て掘り取りに金三十両を支援した。

この年の暮、民吉は同族から妻のおみつを迎えた。民吉は三十七歳、おみつは二十歳であった。文化六年（一八〇九）、唐左衛門は、新製焼用の原料の所々の検分の功績により、藩より三十両を賜った。文化九年、民吉は、藩主徳川斉明に染付の大皿を献上した。技量のほどが認められたのである。しかし、四月二十九日、父吉左衛門を失ったことは痛恨の極みであった。

同年五月十四日、民吉は、窯神、秋葉大権現、天満威徳天神、金毘羅大権現の三神の遙拝所建立の趣意書を代官所へ提出した。同神への崇敬と修業中の恩恵への感謝のためである。

同年、瀬戸の蔵会所が廃止され、唐左衛門は改めて新製焼取締役に就任した。翌文化十年（一八一三）には、御林奉行水野権平が死亡した。

文化十一年（一八一四）、唐左衛門は、上半村にて良質の千倉石《ちくら》（呉須の原料）を発見した。また同年、藩役所は、焼物薬灰の原料になる柞の木二五〇株を交付して村内の各所に植えつけさせた。これにて、染付焼の製造の要件が調うこととなった。柞の木は薩摩か日向の産物であろう。

この千倉石の発見と柞の木の招来は、民吉を勇気づけた。千倉石は、磁器の素地にも、釉薬にも使用できる優れ物であった。

明治初期、瀬戸に遣わされた『磁器製造起元』はいう。前段にいう。

享和元酉年中加藤吉右ヱ門次男民吉ナルモノ諸国陶器場ヲ探索シ四ケ年ヲ経テ帰邑大ニ煉磨〆初テ一竈ヲ製築シ紺青呉洲薬ノ法ヲ発明ス、是則当今ノ瀬戸焼円竈ト云モノ也
右民吉ヨリ当代吉右ヱ門マデ四代ヲ経テ今ニ連綿陶工タリ
磁器ニ用ウル土石産地幷功用
一　ガヘル目土　字小左城又五位塚ヨリ出ル
一　白イシ粉　三州白川村産　瀬戸村ヨリ東四里
一　ギヤマ粉　同
右素地土トス

……

土石製法

蛙目ツチ　此土一品ヲ焼トキハ蛙眼ノ如ク膨張スルヲ以テカヘルメト名《なづ》ク
ギヤマ粉　此石焼終テ透明スルモノ一度火ニ入テ細末トス
白イシ粉　此石焼終テ透明セサルモノ
右三種ノ土ヲ以テ器ノ大小ニ由リ強弱ヲ加減シ調合ス、是ヲ最初ノ素地土ト云上品ナリ、中下等ノ磁器ハ蛙目土ニ白石粉或ハギヤマ石ノ一種ヲ混和〆素地土トス

民吉が、佐々村市の瀬焼で学んだ素地は、天草陶石と網代石の混合で、白い磁器になったことに比し、瀬戸での調合には、苦心のあとが偲ばれる。ギヤマ粉は、石英《せきえい》の粒からなる変成岩の粉末である。蛙目土は、水簸すると粘土となり、粘りが増し、可塑性に富むが、磁器では、縮みが多く、歪みや傷が出やすい。これを補うのが、ギヤマ粉である。白く仕上げるのが、白イシ粉である。

天草石と網代石では、そんな心配は不用であった。しかも、漉蛙目は土である。天草石による軽くて薄い、純白な肌合いには遠く及ばない。天草からこれを取り寄せるには日数もかかり、費用も莫大なものとなる。地元でこれに代わるものを目指さねばならない。

しかし、地元での素地では、磁器の厚味は分厚いものしかできない。これを補うのは、むしろ巧妙な細工と重厚な意匠、それに染付の紺青の絵柄であった。

民吉は、佐々村での手法を断念した。瀬戸での土と石でしか作れないものを作るのである。千倉石は、以上の三種の土石により、よい効果をもたらすはずであった。以上のもの以外の役立つ素材を幾種類も含めて調合し、最高のものを志向しなければならない。

一方で民吉は、染付焼の仕事の傍ら、赤絵の試焼をひそかに続けた。これには、上田源作に教えられた錦手の手法が参考になった。

さらに『磁器製造起元』には、「五彩焼付法」がある。

五彩焼付法	上に対応する上田源作（高浜焼）の手法
赤色	朱がき（赤色）
一 珠印 紅ガラ	ロウ（紅ガラ）
一 二ツ印 唐土	タ（唐土）
一 白露印 白玉	トウ（白玉）
一 白雪印 日ノオカ	
一 唐白目	
右調合	
青色	ぐ（群青色）
一 唐土	唐土
一 白玉	白玉
一 日ノ岡	
一 板流 碌青	グン（群青）
一 青硝子	
右調合	
黄色	き（黄色）
一 唐土	唐土
一 白玉	白玉

一 唐白目（黄色顔料）	黄干（黄土）
一 ベニガラ	
右調合	
黒色	く（黒色）
一 鉄粉	
一 呉洲（呉須）	クス
一 碌青	
一 唐土	唐土
一 白玉	白玉
一 日ノオカ	
右調合	
紫色	む（紫色）
一 呉洲	クス
一 唐土	トウ（唐土）
一 白玉	タ（白玉）
一 日ノオカ	
一 能登呉洲	
右調合	
黄金色	山吹色

一　芳野漆	き（金）
一　硼砂《ほうしゃ》	硼砂
一　唐土	唐土
一　白玉	
一　紅ガラ	
一　樟脳《しょうのう》	
右調合	

（以下、『起元』では、淡青色、花白色、ツヤ黒色、生臙脂《しょうえんじ》色、白銀色、紺青色とがあるが略した。高浜焼では、朱だみ、あ〔緑色〕は略した。）

これを比較すると基本的な項目では、上田家の手法が瀬戸でも踏襲されていることがわかる。上田家の手法にない項目は、瀬戸で新たに付加されたもので、その研鑽の様子が見てとれる。文中、日ノオカは、京都近辺の日の岡で採取されたケイ酸を含む石で、白玉釉を強める効果がある素材である。

当初は、高浜焼の手法によって調合を試み、これにて出来た赤絵薬で絵柄を描いてのち赤絵窯で焼いたが、顔料が流れて描かれた絵が全て形をなさなかった。数度、同じ失敗が続いた。そこで考えたことは二点あった。

一点は、焼物の胎土の問題である。高浜焼の前提は、天草陶石である。しかし、瀬戸では、これを使えない。天草陶石を代用する蛙目土などである。民吉は、大坂の砥石問屋から少量の天草陶石を調達して、同じ試みをした。しかし、これも失敗であった。原因は別にあると思わざるをえない。

それは、火である。しかし、火についての指南書はない。火はその火力と持久力で、微妙に磁器に作用して窯変《ようへん》するのである。おおむね口伝である。実地での見聞が欠かせない。

民吉には赤絵焼の経験がなかった。上田源作から秘伝書を貰った時、説明を受けたはずだが、短時間のことで、全ての内容を了解できたわけではない。今となって天草に問い合わせることはできない。

もっとも同様の問題が染付にもあった。本窯焚きで、燃料の投入方法に二種類ある。通常の投入法と、燃料を制限して窯の中の空気を少なくする方法、いわゆる責め焚きである。酸化炎焼成と還元炎焼成という。民吉が瀬戸に帰って、染付焼を安定的に造成できたのは、この還元炎焼成に成功したからであった。染付での磁器の素地は、酸化炎焼成では焼物の表面の発色は黄色様を呈する。一方、還元炎焼成では、藍色様を呈するのである。染付の本質は、この藍色の文様にあるのである。

同様のことが、赤絵焼についても、起こるのであろうか。

民吉が惣作に相談した。惣作は窯焚きに詳しくなかった。ただ一言いった。

「わしら下っ端のもんは、焼き付けの仕事はさせてもらえなかったが、赤絵窯での温度は、素焼きに近いと聞いたことがある」

すでにして、素焼きは日常経験済みのことである。民吉は、物作に手伝わせて、染付焼の陶片に、幾種類にも調合した赤絵の顔料をもって絵模様をほどこし、試験的に赤絵窯で焼いてみた。絶えず色見し、炎の色が赤味を帯び、全体が赤色になる前に、薪の投入を制限して、一定温度を保つようこころがけた。

ふと、民吉は思った。熱田での津金奉行の焼物の講義の最後の時のことである。奉行は、『陶説』の最後の項目「神を祀り、願に酬《むく》いる」を詳しく説いた。

ついで奉行は民吉に問うた。

「この神に祀られた神童をどう思うか」

「はい、恐れ入りますが、いわゆる人柱の美談の一つではありませんか。神話のようなもので」

「若いのう。されば、この『陶説』が書かれたさらにその昔、中国の崇禎十年（一六三七）に書かれた『天工開物《てんこうかいぶつ》』という製陶の手引書がある。窯変というところで、同じことを次のようにいっている」

明の正徳年間（一五〇六〜二一）に内使（宦官）が宮中御用の焼物を監督してつくらせていたが、その時には、宣紅のつくり方がわからなくなって出来上がらなかったので、陶工はその命（ママ）

（真髄）も家もともに失った。すると陶工の一人が窯に飛び込んで自焚《じふん》し、夢に現れて製法を教えた。それから競って窯変の法を伝えるようになった。遂には異を好む者がでたらめに云い伝え、鹿や象などの変わった物を焼きあげて、それをも窯変といった。

「ちなみに、宣紅とは、銅をふくむ釉を還元炎で焼くとできる紅色である。窯変とは、焼成中に予定しない釉色、あるいは釉相を呈するものである。わかっておろうがな」

「わかっております」

「では、これをどう考えるかな」

「神話ではない、といわれるのですか」

「そうじゃ」

「人間の肉体が、窯で焼かれることで、焼物に変色を来たしたといわれるのですか」

「そうじゃ、偶然なことであるが、神童が窯に身を投ずることで、龍缸《りゅうこう》には、辰砂《しんしゃ》が発色し、完成したのであろう。窯変の法といえば、そうとしか考えられぬ。これは、必然である」

「必然ですか」

「そうじゃ。この辰砂は神童の命じゃ、龍缸という水甕に命を吹き込んだのじゃ。拙者は、実務者ではない。理屈はそうなるのだ。この必然を調えるのが、お主ら陶工の力量ではないか。神童の恩、忘れるべきでない」

その時はよくわからなかったが、今思い起こすと、津金奉行の言葉が身にしみてくる感じである。

「窯変、窯変」と民吉は数回呟《つぶや》き、祈る気持ちで焼窯の奥をのぞきこんだ。赤絵焼の結果は、いくつかの試検片に赤色を呈し、ひとまず安堵の思いであった。

民吉は高浜焼の手法に示された錦手の顔料に、瀬戸地区で産出する日の岡石などを加味し、それにて紅葉を配した絵模様を描き、改めて試焼し直した。

民吉は製品を呈して、物作に批評を乞うた。

「どうじゃ、こんな具合じゃ」

物作は答えた。

「よく出来上がりましたな。よい色合いです」

「はい」

「色合いとは絵柄のことか」

「地肌はどうじゃ、高浜に比べて」

「むう」

「遠慮なく言うてみよ」

「正直なところ、高浜並みとはいえません」

「そうじゃろう。純白の輝きがない。何かが足りんようじゃ。取りあえず、これにて赤絵茶碗を焼くことにしよう」

「承知しました」

「あくまで、内緒でな」

「申すまでもありません」

民吉は、惣作に休暇を与え、この紅葉の赤絵茶碗を天草の上田源作へ持たした。これで源作との約束は果たした。源作がどのような返事を返してくるかが、楽しみであった。

赤絵茶碗の出来は満足すべきものではなかったが、これまでの研鑽を込めた品で、ある程度の自信はあった。

二カ月後、惣作は帰還した。同伴者があった。惣作の子息藤吉であった。惣作は言った。

「瀬戸に来て十年近くなりました。隠居させていただきたく存じます。代わりに、倅を連れて参りました。どうぞ、ここで仕込んでください」

迂闊《うかつ》であった。惣作は四、五年もすれば五十歳にもなるという。了解せざるをえない。

ちなみに、惣作は天草に帰った後、文化十四年（一八一七）死亡し、高浜村の隣峰庵の墓地に葬られた。法名を光円信士と称する。

惣作は、源作からの返書をもたらさなかった。民吉は尋ねた。

「上田庄屋はなんと、いわれたか」

「はい、ご覧になったままで、一言もいわれませんでした」

「一言もか」

「最後にぼそっと、呟かれました。惜しいことじゃ。余白が足らぬ。民吉どのが天草におられたならば、と」

「どういう意味かな」

「おられれば、もっとよいものが出来たということではありますまいか」

「そうではあるまい。赤絵の色合いに比し、白磁の面積が少ないということかも知れぬ」

「どうしてでしょう」

「そこが問題じゃ。赤絵と余白とは、どちらが勝ってもいかんということかも知れん」

一方で、民吉はこれを持って、深川神社宮司二宮守恒を訪ねた。近況を報告し、土産に赤絵の茶碗を進呈した。宮司はこれを掌にのせ、愛玩する風情である。

「これはまた、見たこともない焼物じゃな。どこぞで手に入れられた」

「手に入れたものではありません。手前が作ったものです」

「お手前が作られたとは」

宮司は唖然とした。

「初めて作った赤絵の茶碗です。記念に差し上げます」

「これが、赤絵の茶碗とは、見事なものじゃ」

「まだ、望み通りのものではありませんが」

「お手前が九州で学ばれた焼物の集大成ということか。白の地合いに、紅葉の配色が何とも言えぬ味わいがある」

「まだ、発表するほどの物ではありません。しばらくは、ご内密にお願い申しあげます」

「もっと良い物が出来るというわけか」

「出来るはずです。ついてはお願いがあります。手前がこのようなものを出来るようになったのは、手前を支援してくださった方々のお蔭であることは言うまでもないことですが、その他にも、ご恩になったものがあります」

「して、その人とは」

「いえ、人ではありません。神様です」

「なんと、神様とは」

「手前は先に秋葉大権現、天満威徳天神、それに金毘羅大権現のご三方をこの地から遙拝できる建物を建てたいと思い、お役所へ請願しました。いまだお許しを頂いておりませぬ。ついては、この三方に加えて、中国の景徳鎮の窯神、神童君なる方をご一緒に祀れないかと、思案しているところであります。それにつきまして、何か妙案がないものでしょうか」

「それは、奇特な志じゃ。しかし、新しい宮作りは滅多にないことである。しかも、日本の神であれば、何のご利益があるか世に知らしめることもたやすいが、異国の神となれば、これはお手前の個人的な尊崇にかかわることで、実現はむつかしい。ついては、どうじゃ、今までのお手前の行跡を文に書いて、お手前がいう三神のご利益をお上に読んでもらって、ご理解を深めるのが一番じゃないかと思うが、どうじゃ」

「手前のような文盲の者が、できるわけがありません」

「文盲とは謙遜なことよ。されば、当職がお手前の話を聞いて、これを記録してはどうか」

「そこまでして」

「なんのなんの、お手前の来し方こそ、瀬戸の陶業界にとっては、貴重な存在である。これを残さずしては、後世に笑われようぞ」

「気恥ずかしきことながら、よろしくお願い申しあげます」

文政元年（一八一八）冬十一月、二宮守恒の『染付焼起原』は完成した。民吉の修業記である。時に守恒は七十六歳であった。末尾の民吉瀬戸帰国のところから、口語体で以下に述べる。


（民吉が）帰国した由御陣屋へ申し達し、拝借金を済ませた。（新しく）丸窯を建立して南京焼（染付焼）をはじめたが、忽ちに成就した。上品の製品を尾張公へ献上し、ご褒賞に預かった。新製を染付焼、旧陶器を本業焼と称するよう公より仰せられ、これに定まった。実に民吉の四カ年の功績成就し、重畳なることであった。この後染付焼の陶工はここに創業を見、自身の考策を校合《きょうごう》して、焼き視るなどして、染付焼は弥々熟々《いよいよつらつら》に成果をあげた。

文化年中（一八〇四〜一八一八）以来、一統の細工が精密になり、今は南京焼よりも上品《じょうぼん》となり、三国随一とお上にもご褒賞なし下され、名古屋引受の瀬戸物屋は三都（京、大坂、江戸）へ運送して売り広められた。

　文政元寅年（一八一八）春、紅毛人が長崎より東武（江戸）へ参勤の折、熱田駅へ止宿した時、通辞人が名古屋に知音《ちいん》があって訪ねたところ、染付焼の話になり、則ち染付焼を見せた。紅毛人はこれを褒称して、彼が持参していた陶器を出して、このように焼いてくれと懇望したので、通辞人より加藤唐左衛門へ頼み、焼き起こして遣わした。奇しきことである。

　元来（庄屋兼窯元）加藤唐左衛門は享和年（一八〇一）より染付取締役を仰せ付けられ、名字帯刀、役領まで下しおかれ、且つ御用焼物を各府へ運送の衛（絵）符をも御免許（運送許可証）にて、外聞の実儀（実情は外にも聞こえ）は形のごとく珍重なる事であった。

　さて当山より掘り出せる薬石は比類なき品故、掘り起こせる人たちは留めたる薬石を取締所へ持っていけば、取り調べ吟味のうえ、お買い上げとなり、土蔵へ蔵御囲《くらおかこ》いとなった。陶工人が薬石入用の節は取締所へ相達し、自分が請け取られるように規則を定めた。又染付焼の画人は、当村は勿論、四方より訪ね来て、一室に三、四人あて抱えおいた。染付焼の繁栄は全盛となり、国産の美談天下に溢れ、万人の目を驚かした。品野、赤津村の陶工人は瀬戸より染付焼を伝え聞いて焼いた。愛《め》でたいことである。

　跋《あとがき》、ここにおいて旧陶器を作ることを本業と為し、新製を染付焼と称する。染付の起源は享和元酉年（一八〇一）である。創業の功績大にして万世不易である。然して逐年人心は変化して口々に紛擾《ふんじょう》して、その正語を失うこと有るべからざるを欲する。故に今九州所伝の梗概《こうがい》を書記して、以って後世に遺すと、爾《しか》に云う。

五首の詠歌

陶《すえもの》によせ五首の詠歌を書き添え侍《はべ》る。

ゐならすよ　手にとる筆の　染付に　こころのあやを　画《えが》く陶
山本の　梢《こずえ》はちりて　するをのに　か丶る紅葉《もみじ》の　錦手《にしきで》の色
山風は　吹にけらしな　瀬戸の名は　峯をこへても　遠く聞ゆる
川水の　流る丶瀬戸に　うつ波の　音こそひびけ　陶《すえ》のかま山
世に広ふ　伝ふる瀬戸の　陶は　いく世くちせぬ　物にそ有ける

この詠歌のうち、重要なものは、二番目の歌である。私訳する。
山麓の梢は散ってしまって裸となっている。しかし、末の野辺の木には、紅葉がかかってあたかも錦手のように色づいて華やかである。
「するをのに」は、末と、「をの」は小野のことで、「小」は接頭語で意味がない。よって「するをのに」は、末の野にある樹木には、と解される。

二宮守恒は、現に、民吉が焼いた錦手の磁器を見ていたのである。

ちなみに、第一首の「ゑならすよ」は、ゑならずよ、ということで、並々でない、なんとも言えないほど素晴らしい、ということである。


文政二年（一八一九）十一月のある日、民吉宅を訪れた一人の女人があった。民吉の老母さとが居合わせた。女人は、菅笠《すげがさ》をぬいで挨拶した。

「加藤民吉さまのお宅と聞き、訪ねて参りました。肥前は、北松浦郡市の瀬村の福本香と申します」

さとは、右の掌を耳の後ろにあてがい、尋ねた。

「年寄りじゃけん、よく聞き取れん。も一度、言うてくだされ」

「九州の肥前から来た福本香です」

「して、何のご用事かな」

「民吉さまは、ご在宅でしょうか」

「民吉は、窯場に行っとるので、おらん」

「窯場はどこにありましょうか」

「すぐ、近くじゃ。おいが、一緒に参りましょう」

道すがら、さとは聞いた。

「民吉をどこぞで知ってのことか」

「はい、十二、三年ほど前、民吉さまが、私の家で焼物修業をされました」

「そうじゃったか、あなたはそこの娘さんか」

「はい、このたび、父親の代参で伊勢神宮に参りました。今日はその帰りです」

さとは、知らんこととはいえ、失礼した、と二度も頭をさげた。

「民吉はお世話になったことでしょう。ありがとうございました」

ほどなく、窯場に着いた。しかし、民吉はいなかった。さとは藤吉を呼んで、ようわからんが失礼のないようにしてと、耳打ちして香を託して家に戻った。藤吉は、香の手荷物を手にとり、飯場に案内した。

「親方は今出かけております。いずれ帰りますから、お待ちください」

「ありがとうございます。して、あなたさまは、こちらのご出身ですか」

「いえ、手前は、天草です」

「なんと、同じ九州ですか。またどうして、天草からこんな遠くまで来られたのですか」

「親方が、瀬戸に帰られる時に、親父がご一緒したものです。親父が隠居し、わしが後を引き継ぎました」

二人は親しみを覚えた。香は尋ねた。

「先ほどのご老婆は、民吉さまの母御ですか」

「そうです。いたって元気で、時には、窯場で土捏ねの手伝いをされます」

「では、おうちには、誰か賄いのお方がおられるのですか」

「そうです、若おかみがおられます。と申しても、三十は超えておられますが」

「お子さまもいらっしゃるのでしょう」

「はい、十二歳にもなられましょうか。腕白な娘御です」

ほどなく民吉が帰って来た。香と相見るも、お互いに言葉が出なかった。藤吉は、手短に事情を説明して、その場を離れた。

民吉はようようにして言葉をかけた。

「ようこそ参られた」

「突然お邪魔してすみません」

「お伊勢参りをされたとか、道中難儀であったろう」

「いえ、どうにか、父の代参は終わりました」

「お父上はご息災か」

「はい、無事でおります。しかし、寄る年波には勝てません。今は窯元を兄に譲り隠居の身で安穏に暮らしております。加藤さまにはよろしく申してくれとのことでした」

「ご家族ともに、変わりはないか」

「一同、元気にしております。兄も親戚より嫁をとり、子どもも出来ております。加藤さまが、お帰りになった翌年、父は平戸の殿さまから、役人席を仰せ付けられ、また、その三カ月後には、兄の新右衛門が、藩の焼物御用を仰せ付けられました」

「それはおめでたいことであった」

「とくに兄は、加藤さまからの激励があったからこそ、お役所にも認められたと、喜んでおりました」

「なんの、お父上の思し召しがあったからこそ、今日のわしがある。お礼の申しようもない。して、あなたもどなたか、よきご仁に恵まれたかな」

「滅相もありません」

香は顔を赤らめ、首を横にふった。民吉は驚いて言った。

「お独り、か」

「はい」

「三吉とかいわれた焼物師はその後いかがなされた」

「身持ちがわるく、街のおなごと、駆け落ちをしてしまいました」

「そうでしたか」

民吉は、ひと呼吸して、尋ねた。

「これからの予定はどうなっておられる」

「はい、名古屋に明日戻りまして、熱田から舟で四日市に渡り、二日後には津というところで、伊勢参拝の一同と落ち合うことになっております」

「なるほど、折角来られたからには、ゆるりとされてはどうかな」

「すでにお約束しております。変更はできません」

「よかろう、明日は名古屋まで送ってまいろう。藤吉に旅籠《はたご》を取らせるので、今夜はゆっくりと休まれよ」

その夜、民吉は、藤吉を同席させて、旅籠にて夕食を共にした。香は、疲れもあってか、言葉少なく、場は湿りがちであった。民吉は、明日迎えに参るといって、早めに引きあげた。

民吉は、藤吉に胸の内を明かさなかった。ただ、香と同行して、九州へ行ってもらいたいと相談した。香は、あるいは、同行してきた者たちと、はぐれるやも知れない。その時は不用心である。付き添っていって、ついでに天草へ郷帰《さとがえ》りをしてはどうかと、休暇を持ちかけたのである。もっとも、旅費は民吉持ちである。

藤吉は、天草行きと聞いて同意を示した。現金なものである。

明朝、民吉は単身で香を迎えにきた。藤吉には、今夜の宿を大曾根の美濃家にするので、そこで落ちあうことを、含めていた。名古屋までの道中は長い。香は格別、見たいというところはないようであった。民吉は、香の手荷物を担い、香の歩幅に合わせゆっくりと歩いた。名古屋の東郊外、大曾根の近くの茶屋で昼食を使い、左折して一社村に至った。神蔵寺がある。天草の東向寺住職上藍天中の出身寺である。

民吉らは、天中書の「龍華峰」の扁額が掛けられた山門をくぐって、寺内に入った。もっとも、扁額の字は天中独特の行書体の筆法で書かれていて、容易に読めない。現在の住職は、雄賢興国《ゆうけんこうこく》と称し、佐世保の西方寺住職であった慈明洞水の弟子であった。同寺六世天中から二代目の同寺八世である。ちなみに、洞水は同寺五世である。

民吉は玄関で、案内を乞うた。寺男が出てきた。

「瀬戸の民吉と申します。ご住職にお取り次ぎ願いたい」

寺男は奥へひっこんだが、すぐに戻って、方丈へ導いた。香は一旦あがるのをためらったが、民吉にうながされて、かぶり物と脚半《きやはん》を解いて従った。

「瀬戸の民吉どのとか、ようこそ参られた」

着座のまま、住職が座をすすめた。ついで茶をすすめながら言った。

「拙僧は、興国と称します。民吉どのとは、かの瀬戸焼の民吉どのですか」

「はい」

「それはそれは、ご高名は承っておりました。お会いできて光栄です」

「恐縮です。この寺は、天中和尚ゆかりのお寺と聞き、お訪ねしました。天草では、天中和尚に大変お世話になりました」

「そうでしたか。ところが、天中大和尚は、すでにお亡くなりになりました」

「なに、お亡くなりになられたと」

「そうです。昨年五月のことです。大和尚はその前年、長崎奉行のお声がかりで、東向寺から長崎の晧台寺へ転住されました。ご承知の通り、晧台寺は長崎の触寺《ふれでら》です。新しい住職は、就任したあと将軍へお目見えして、お礼を述べなければなりません。その江戸からの帰りに、京洛（京都）の錦街の玉谷家にて、急にお亡くなりになりました。まことに残念極まりありません」

民吉に言葉はなかった。しばらくして言った。

「天草にてお別れして、もはや、十二年有余、知らぬこととはいえ、失礼しました。手前が今日あるは、ひとえに天中和尚のご教導があったおかげです。和尚は若年瀬戸の加藤武右衛門窯でご修業なされたとか、うかがいます。浅からぬ因縁でありました」

「拙僧も先師からよく聞かされておりました。子どもの時は、田んぼの蛙をとっては目玉をくりぬくなど、腕白であったが、この寺へ弟子入りされたあとには、一日五合の墨をすって習字に励み、夜は線香のあかりで経読みに熱中されたとか、先師はそんな大和尚の例をあげて、我ら若僧の尻を叩かれたものでした」

先師とは、興国の得度の師、洞水である。興国は続けて言った。

「そういえば、先師洞水大和尚も、亡くなっておられます」

「いつのことですか」

「確か、五年前の文化十一年（一八一四）七月二十二日と覚えております。相神浦の洪徳寺でお亡くなりになったそうです」

「相神浦ですか。手前がお会いした時は、佐世保の西方寺におられました。それから洪徳寺へ移られたのですね」

「この寺にはお墓はありませんが、ご位牌は安置してあります」

民吉らは、和尚に案内されて、本堂にて、御本尊に参り、ついで奥の間の御霊屋にて、両師の位牌にそれぞれ三度の跪拝《きはい》の礼を尽くした。

民吉は、志を和尚に奉呈し、つかの間の談話に感謝の意を表した。

和尚は「どうか、これを見てくだされ」と言って、本堂の一角を示した。

「界内禁葷酒《くんしゅ》」と陽刻した陶製の柱である。

「何と読まれますか」

「『寺内では、においの強い葱《ねぎ》や大蒜《にんにく》と酒を禁ずる』、そんな意味です。天中和尚のご縁により、加藤武右衛門どのよりいただいたものです」

民吉は瞠目《どうもく》した。どっしりとした存在感あふれる陶土製の立柱であった。

「大変よきものを見せていただき、ありがとうございます」

「そんなによいものですか」

「まだまだ、追いつきません」

「ご謙遜を」

和尚は笑って応じた。玄関で香が旅装を調えるのを見て、和尚が声をかけた。

「これから、どこぞ旅へ行かれるのか」

香は答えた。

「いえ、これから国に帰ります」

「お国とは」

「はい。肥前の平戸の近くです」

民吉がひきとって答えた。

「手前が肥前で修業した時、お世話になった窯元の娘御です。このたび、伊勢参りの帰りに立ち寄られたもので、今、送っていくところです」

「それはまた、失礼しました。拙僧、早とちりで、奥方とばかり思っておりました。存ぜぬこととはいえ、お許しください」

「いえ、わたくしこそご挨拶もせず、失礼の段、ひらにご容赦くださいませ。わたくしの檀那寺も曹洞宗で、佐々村の東光寺と申します。いつもお世話になっております」

「それはまた、ご縁でありますな。ご息災にお帰りくだされ」

二人は和尚の笑顔に送られ、寺を後にした。みちみち、香は元気を取り戻したようであった。

「面白い和尚さんですね。わたくしをお上《かみ》さんと間違うなんて」

香は軽く笑った。

「でも、よいお話でした。お坊さんも厳しい修行をなさって、本当のお坊さんになられるのですね」

「誰でも、同じです」

「あなたの先生のお坊さんの話を聞いて、あなたのご苦労もいくらかわかりました。お会いできて、楽しゅうございました」

「よくぞ、参られた。忘れはしない」

大曾根の美濃家にはまだ藤吉は来ていなかった。夕刻、藤吉が来たところで、夕食をとり、民吉は帰宅した。別れに際し、香へ藩主から頂戴した羽織の紐を与えた。

文政六年（一八二三）未三月、民吉は水野代官大森庄九郎より、藩命により、紋付茶碗の注文を受けた。

年々差し上げ候御紋付御茶碗の儀、以来大きさ左の寸法に作り立て、紋三つ付けて焼き立て、年々差し上げ候筈に候。
右のおもむき申し渡すべき旨、御勘定奉行申し聞かされ候。
御紋三つ付、御茶碗
指し渡し曲尺四寸九分程
高さ同じく二寸五分程

これの納品がすむと、民吉は感ずるところがあって、娘里登に婿養子を迎えた。兄吉右衛門の二男吉次郎であった。時に里登は十六歳である。吉次郎は入籍後、千代松と改名した。

同年十二月、民吉は、加増された。

染付焼の儀、数年の格別骨折り手練行きとどきにつき、右御用相勤め候内、御扶持三人分下され候。これまで下され候雑用銀は引揚げ候。

この時、同じく庄屋加藤唐右衛門にも、積年の功により扶持三人分が下された。

明けて正月、民吉は体に変調が起るのを覚えた。思い残すことがあった。自分の手法を伝授することであった。幸い婿の千代松には陶工の経験があった。それが、千代松を選んだ理由である。といって、千代松は若年で、充分とは言えない。民吉は集中して、染付焼の素地と釉薬の調合の口授に励んだ。千代松はその要点を書き留め、民吉はそれを復唱させて確認した。残るは赤絵薬の調合である。民吉は口述した。

「瀬戸の染付焼は、瀬戸の誇りである。末長く保持していくのが我家の努めである。研鑽これを尽くし、工夫怠りなく、他に伍していかねばならぬ。この時にあたり、肥前に錦手あり。瀬戸には未だなきものなるも、いずれ、瀬戸にも錦手を求める時勢到来は必至である。よって、この探究を疎《おろそ》かにすべきではない。

錦手に二種ある。一つは、白磁色絵である。これは、白磁と色絵が対比する余白の美ともいうべく、余白が色絵を引き立て、色絵が白磁の輝きをいや増していくものである。一方、あとの一つは、磁胎色絵である。これは、磁器の全表面を色絵によっていろどるものである。いずれも、基本は五彩焼付である。赤色、青色、黄色、黒色、黄金色である。しかも、この一色は一色にあらず。一色に濃淡、陰影がある。故に色に生色を生ずる。一名、ダミという。磁胎色絵は、かくて、数彩にして数層の豪華絢爛たる金襴手《きんらんで》として成長していくだろう。この二種の色絵磁器製法に功拙ありといえども、その好悪は、人の好みによる。

焼付の要はつまるところ、その土なり、その石なり、その火なり。よき陶石こそ、妙なる炎こそ、焼物の成否を左右するものである。以上民吉が会得せし陶法を秘伝する。よろしく口伝し、いやしくも他言するなかれ」

文政七年（一八二四）五月十四日、民吉は唐左衛門に頼み、再度上申した。

一　窯神遙拝所　　一棟立

文政七申五月十四日

願い主　加藤民吉

お願い申し上げ候て十三年かかり申し候

取締役　加藤唐左衛門

寺社奉行
　水野藤兵衛様
　内藤作左衛門様
御代官
　大森庄九郎様

同日付にて、奉行所は許可した。

　春日井郡瀬戸村　染付窯屋　加藤民吉　代倅　千代松

其方儀同村丸甕上の方に、安楽寺天満宮、秋葉大権現、金毘羅大権現の遙拝所一棟、取り建てたき旨、さいぜん願いのおもむき談《かた》り候、右は容易ならざる事には候えども、染付焼の基本にて、追々御用をも仰せつけられ、且つ諸国へ手広に売りさばき御国益少なからず、格別の功分もこれあることにつき、別段の訳を以て、願いのおもむき承り届け候。この段御代官へ相達すべく候。

申請日と許可日が同日であることは、民吉の病を気遣った唐左衛門の事前の根回しと、水野奉行の民吉に対する温情のあらわれであろう。

許可状は、代人の千代松が代官所で受け取った。

民吉は唐左衛門に頼み、菅原長親に神体名の揮毫を依頼した。ちなみに長親は京都の人で、仁孝天皇の即位にあたり「文化」の年号を「文政」と定めた公家学者で、京都北野天満宮の別当をも務めた。家禄三十石の正三位式部大輔であった。

掛け軸は二幅作られた。三神を連名して一幅とし、あとの一幅は「風火神童君」である。三神の掛け軸は、遙拝所に祀られ、風火神童君の掛け軸は、民吉家に私蔵された。

しかし、民吉は遙拝所の完工を待たず、同年（文政七年〔一八二四〕）七月四日死去した。当年五十三歳であった。法名は「万岳光天居士」である。西谷の墓地に葬られた。墓碑の裏面には、加藤民吉保賢と、俗名が刻字されている。

終　章

加藤民吉の死後、養子千代松が二代目民吉を襲名した。

文政八年（一八二五）七月十九日、二代目民吉は、お役所御用達を仰せ付けられ、八月二十二日には、一代限り名字を許された。

文政九年（一八二六）一月、二代目民吉に男子千太郎が生まれたが、母親里登は出産後すぐに亡くなり、その二カ月後に新生児も死亡した。里登の法名は含芳自章信女、千太郎の法名は玉梅童子である。これで、民吉の血統は絶えた。

同年八月二十日、民吉は、窯神神社に、生前の陶業の恩択を尊崇されて合祀された。丸窯神と称した。磁祖となったのである。

文政十年（一八二七）、加藤唐左衛門は、新製焼物を盛大ならしめた功績により、津金庄七とともに、藩より金百両宛て、年々下されるようになった。

文政十一年（一八二八）五月七日、民吉の妻おみつが死去した。法名は赫室智光大姉である。

天保元年（一八三〇）十二月、二代目民吉は、一代限り帯刀を許された。

天保三年（一八三二）七月八日、福本香が市の瀬村で死去した。生涯独身であった。法名は蓮室智香善女である。福本家の市の瀬の墓地、両親の墓の横に葬られた。

同年八月十九日、加藤唐左衛門高景が死去した。六十一歳であった。生年が民吉と同年であったから、民吉より八年長生きしたことになる。法名を大功得成居士という。民吉と同じ西谷の墓地に葬られた。

福本香の父仁左衛門は、これより先、文政六年（一八二三）九月十四日、死去している。法名は天誉了然居士である。また、仁左衛門の嫡子新左衛門小助は、文政十二年（一八二九）七月十四日、四十九歳で死亡した。法名を秋顔意声居士という。

福本家の陶業は、新左衛門小助の嫡男、新右衛門安春の代、文政八年（一八二五）、廃業となった。石炭業に変わったのである。平戸藩より石炭口銭方御合力として銀二貫目宛て頂戴した。文政十二年十二月、勘定場において、石炭山見計り役を仰せ付かり、切米三石、上下扶持小者を下し置かれた。時に二十歳であった。宝暦元年（一七五一）市の瀬皿山開業以来、七十五年の短い業歴であった。

天草で民吉の陶業の師であった上田源作は、文政十二年九月二十五日死去した。法名を俊倫院謙山良温居士という。七十五歳であった。大城允撰の墓誌銘の陶業にかかわる部分を記す。

……翁の父、諱は武弼《たけすけ》、始め高浜に陶（業）す。翁に至り甕器《かめ》益々精致にして、里民頼りて以て生を為す者多し矣、文化十年、其の甕器を我が少将老公に献ず。公喜びて白嶼石《はくしょいし》の挿花瓶及び其の台を賜り以て之に報いる。……

（上田源作の父、上田伝五右衛門武弼は天草の高浜村に陶業を始めた。源作の代になって、高浜焼はますます精致となった。村人はこれに頼り、もって生計をたてた。文化十年〔一八一三〕、源作は、肥後藩主九代細川斉樹《なりたつ》〔左近衛権少将〕の老公〔父斉茲《なりしげ》侍従〕に甕器〔磁器製の甕〕を献上した。老公は喜ばれて白嶼島の石製の挿し花瓶及びその台を賜られてこれに報いられた。）

天草から民吉窯に修業にきていた藤吉は、民吉の死後、故郷にかえり、嘉永元年（一八四八）死去し、父惣作と同じ隣峰庵の墓地に葬られた。

肥前佐々村の東光寺十四世呉峰太岳は、文政二年（一八一九）五月十五日、逝去した。後住には翌年平戸の延命寺から紹雲洞隆が就任した。

相神浦の洪徳寺二十世慈明洞水が、文化十一年逝去すると、後住に東光寺東堂鉄為大柱が就任した。同寺二十一世である。大柱和尚は、文政十一年（一八二八）、洪徳寺の後住に東光寺紹雲洞隆をいれて退院した。佐々村に寺院を新設するためであった。

佐々村の木場に東光寺末寺龍谿山妙泉寺が完成したのは、翌年のことであろう。妙泉寺開山は鉄為大柱である。同寺の完成に際しては、東光寺の檀家久家《くが》拾兵衛に世話されることが多かった。その礼として大柱和尚は、加藤民吉から奉呈された柏葉の向付の皿五客を贈った。大柱和尚は、天保十四年（一八四三）二月一日、逝去した。八十六歳であった。この頃久家拾兵衛は、佐々管轄の郡代の地位にあった。

文政十三年（一八三〇）の春、京焼の奥田頴川《えいせん》の門下であった洛南の陶師欽古堂亀祐《きんこどうかめすけ》は『陶器指南』を刊行し、その中で、南京古染付と錦焼薬調合について述べている。

南京古染付ノ法

一　肥前天草ヨリ出ル白キ砥イシ（石）ヨクコナシ、此石土ニテ諸器ヲ作リ、マタ干シ上ケ、スヤキ（素焼）ヲイタシ此器物ニ、信楽《しがらき》大極上白（極めて上等）へ（絵）土ヨクコマカニ水ゴシ（漉）イタシ、ズイブン（随分）ウスクカケテホシ（干）上ゲ、本木地（素地）トス。

（肥前天草産の砥石をよくこなし、この石土で諸磁器を作る。又干し上げて、素焼きをして、この器物に、信楽でとれる極めて上等の白土へ〔絵〕土を細かく水簸して随分と薄く化粧がけして干し上げる。これを素地とする。）

錦焼薬調合事

（一例）赤絵
唐土　百目、白玉　百目、七度ヤキ紅カラ　四五匁、是はコナシヨキホド、ヨキイロヲイダス。
（赤絵の調合は、次の通りである。唐土「生白粉《おしろい》」が百文目、白玉「硝子」が百文目、七度焼きしたベンガラが四五文目の調合である。これをよくこなすとよい色を出す。）

以上のほかに、調合の種類は次の通り多種に及んだ。
真萌黄《もえぎ》、常萌黄、真黄、常黄、紫色、藤色、花色、薄花色、ヒハ茶色、黒絵、薄赤絵、コゲ茶、金焼付、銀焼付である。

すでにして、当時欽古堂がかかわった窯では、染付磁器の原料に天草石が、また錦手焼の絵付けの顔料には多種の釉薬が利用されていたのが見てとれる。

天保十四年（一八四三）頃、瀬戸村の隣村菱野《ひしの》村の伊藤儀兵衛が錦手上絵付けの磁器を作り始めた。その前年、儀兵衛は半商半農の家業を長子宇平に譲り、かねて念願していた陶業を開始したのである。彼の商売は、呉服、雑貨、売薬などで、仕入れは京都の五条通り境町西へ入る問屋亀屋に頼った。この辺り、五条坂には清水焼や粟田《あわた》焼があった。さらにいえば、欽古堂の『陶器指南』も見たことであろう。儀兵衛に特定の陶業の師匠がいたかはわからない。別に本草学にも素養があったから、研究熱心で、自得したのであろう。

儀兵衛の調合書には、本焼素地として、ガイロメや石粉を等分。薬として、ツヅハラやカワバイを四歩、六分。本焼浅葱下地として、染付生薬十匁、焼き呉須一匁、の記録がある。もっとも、諸色にしたき時は、呉須かえ申すべきこと、とある。

ちなみに、ツヅハラは、美濃国廿原《つづはら》村産出の千倉石、カワバイは粟灰のことである。

菱野の上絵窯は宇平の代、明治十八年（一八八五）頃まで続いた。

一方、犬山村においては、文化七年（一八一〇）犬山城主七代成瀬正寿が島屋惣九郎に命じ、窯屋を復興させた。招聘した陶工が誰であるかは知れない。文化十四年（一八一七）、京都三条の粟田焼の陶工藤兵衛、九兵衛の二人を招聘するも、芳しい結果に結びつかなかった。文政五年（一八二二）春日井郡上志段味《かみしだみ》村の加藤清蔵を招き、さらに同九年（一八二六）、同志段味村から加藤重蔵が来ることでようやく染付磁器が完成した。天保二年（一八三一）、同志段味村から水野吉平が来て赤絵磁器を始めた。天保六年（一八三五）、名古屋の伝馬町筆記商大学堂の紹介で陶画工逸兵衛（通称道平）が招聘された。道平は赤絵の名手で雲錦手《うんきんで》の手法を発明した。吉平・道平ともに、赤絵の手法をどこで習得したかは不明である。

嘉永二年（一八四九）、瀬戸の陶工川本治兵衛が美濃国伊岐津志《いぎづし》村で良質の磁土を発見した。伊岐津志村の村名にちなみ、イギ土という。長石の風化物が砂状になったものである。これは、従来千倉石によって、水色を帯びていた素地を、白く美しいものにした。染付焼の革新であった。千倉石に取ってかわったのである。

嘉永三年（一八五〇）の二代目民吉の「土薬調合之留」に、次のように記されている。

一　どろ　　一石
一　千倉　　七斗
一　石　　　九斗（長石）

これが、安政二年（一八五五）の調合では、次のように変わっている。

一　どろ　　十五はい
一　イギ土　五はい
一　四入石　十ぱい（三河白川村産の長石の符牒）

ちなみに、「どろ」とは、蛙目粘土もしくは木節粘土を、粗砕きして乾かし、それを水に溶かして水漉し、出来た泥漿を沈殿させたものである。

また、二代目民吉には天草石の使用例がある。安政三年（一八五六）の「土薬調合之留」はいう。

一　イギ土　　四
一　天草石　　二　〆て一印
一　四入石　　四
一　イギ土　　四
一　天草石　　三　〆て二印
一　四入石　　三

元治二年（一八六五）三月　引き土（エンゴーベ・化粧土）
一　あまくさ石　　六
一　なすび川白絵　　四
〆て右二品を合す。

これは民吉家における天草石についての唯一の記録といわれる。この天草石が、天草の上田家から民吉窯へ直入された記録はない。おそらく大坂の砥石問屋から調達されたものであろう。二代目民吉が、この土薬で錦手焼を試焼したとする記録はない。

天中和尚が年少の折、丁稚奉公に出た瀬戸小狭間の加藤武右衛門窯では、三代春宇（通称武右衛門、別名孫兵衛）の代に後継者がなかった。同業の加藤春珉を養子に迎え、武右衛門窯四代目となった。その長男が岸太郎である。文政四年（一八二一）に生まれた。若年に肥前国に赴き、製陶の法を研究して帰還した。どこの窯で修業したか不明である。磁器の大物作りの巧者であった。安政三年（一八五六）三月、彦根藩窯湖東《ことう》焼に土焼師・丸窯師として抱えられ、翌年五月、土焼職頭を拝命、三人扶持を頂戴した。二年後の安政六年（一八五九）五月、故あって、湖東焼を出奔した。三十九歳であった。

ちなみに、天保十四年（一八四三）、彦根藩井伊家は湖東焼を藩窯とし、井伊直弼《なおすけ》は、良品を求めて、京と尾張から窯職人を集めた。安政二年より以後、直弼により召し抱えられた陶工は二十人に達した。内訳は、彦根より三人、京都より一人、尾張より十四人、不明が二人である。尾張人は全てが変名を用いた。加藤岸太郎の変名は孫兵衛であった。

実は、この湖東焼従業は、尾張藩のご法度であった。

これより先、文政五年、尾張藩は「惣窯屋御締之事」を発令して、陶業者の取り締まりを強化した。その主旨は、窯職の者が他領へ出て行って、新たに窯を取り建てた者は、以来流罪を科するというものであった。

ちょうどこの年は、瀬戸の窯屋が新旧あわせて、一五七軒の最盛期にあった。尾張藩としては、陶業の技術漏洩を取り締まる本旨のほかに、窯職新規参入者の増加による、製品の劣化防止と需給調整の必要にかられたための措置であった。これは窯職の既存業者の保護策ともなった。

加藤岸太郎は、この規制に触れることは充分承知の上であった。湖東焼で自分の素性が知れるのを恐れ、逼塞したのであろう。ところが一年後、好期は訪れた。

筑前黒田藩主黒田長溥は殖産興業の一環として、民窯であった筑前須恵窯の再建を発起した。同窯はもともと、黒田藩寺社奉行町方付の藩士新藤安平常興が退任後、宝暦十四年（一七六四）に開窯したものである。

安政の年末（一八六〇年）須恵皿山役所を新設、山田藤作を奉行に任命、地元陶業の高取の陶工をはじめ、工芸・画業の達者を集合して、品質の向上に精励させた。

万延元年（一八六〇・改元三月十八日）、京都より陶工澤田舜山、絵師芳蔵、瀬戸より陶工吉田岸太郎、絵師佐吉、そのほか、肥前系統の陶業関係者、数百余名が参集した。登り窯二基、水車四十余台の規模であった。磁器の原料は、地元の白土と天草石、五島石であった。

同年八月、加藤岸太郎は、須恵窯に赴いた。変名が吉田岸太郎である。

慶応元年（一八六五）十月十六日、岸太郎は瀬戸に戻り、ひそかに親戚の加藤忠治の分家三平家当主喜代太郎に匿われた。須恵からは、陶工嘉助を伴ってきた。

折しも、瀬戸では陶祖加藤藤四郎春慶顕彰の陶製の碑建立のことが盛り上がった。窯の取締役加藤清助が、一策を講じた。

「かほどの大物を焼き立てる者は、瀬戸広しといえども岸太郎をおいてはほかにあるまい」

ほかの者がこれに反論した。

「されど、岸太郎は前科者である。この罪如何とする」

意見があった。

「この大物完成のあかつきには、この罪を許されるよう、庄屋、取り計られてはどうじゃ」

岸太郎は陶祖碑建立施行の名誉を得た。

慶応二年（一八六六）八月、庄屋にして窯元山陶屋加藤清助景登の依頼で、陶祖碑の母体が完成し、翌年五月二十五日、北新谷の山陶屋窯で焼き上げられた。大物の制作には多くの困難があった。窯明けに際しては、窯の入り口を破壊して持ち出さなければならなかった。陶碑は六角で、高さは一丈一尺、各辺の幅は二尺、台座は三層であった。碑の六面にある碑文は八百字で、阿部伯孝《みちたか》の撰で、細工は旧讃岐高松藩士渡辺幸平である。

この碑が加藤景登の持山に設置されたのが、同年九月九日である。岸太郎にはお咎めがなかった。

翌年、岸太郎は嘉助を介し、須恵皿山役所から天草石と五島石を取り寄せ、試焼した。どんな製品が作られたかは不明である。

死亡したのは、明治二十一年（一八八八）五月二十八日、六十八歳であった。武右衛門家は岸太郎の次弟の源三郎が継いだ。当家五代である。

二代目民吉は、慶応元年（一八六五）九月十八日死亡した。五十九歳であった。後妻ゆうとの間に生まれた作四郎が三代民吉を襲名した。慶応二年（一八六六）、三代民吉は、染付焼御用達となり、一代限りの苗字御免を受けた。しかし、明治維新に際してほかの窯屋もろともに没落して家産を消失、瀬戸町立陶器学校の教員となった。明治三十三年（一九〇〇）七月一日、死亡した。五十六歳であった。

三代民吉の長男千代太郎が明治二十五年、舟遊中水死し、二男米次郎が四代民吉を襲名した。若い頃は細工の巧者であったが、中年より素行定まらず、酒乱となり、黒の破れ法衣をまとって放浪のあげく、昭和六年二月七日、六十三歳にて、山口県厚狭郡厚東村で客死した。

米次郎に妻子がなかったので、民吉家の絶えるのを憂いた親戚は、米次郎の甥の賢吾を入籍して、五代民吉を襲名させた。

初代民吉が天草から招来した蹴り轆轤は、四代民吉の酒代にかわった。知人でぺけ物屋（陶器の二流品商）を営んでいた錠吉に二円で売却した。その後、伊藤重次郎（四代民吉の妹まつよの夫）の手に戻るも、三十円で名古屋の加藤清之助に売られた。ついで佐治某なる者の手に帰したが、その先は杳としてわからない。

かくて「五彩焼付の法」は幻となった。民吉窯産の錦手焼はついに市場に出回らなかった。民吉の錦手の手法は、果たして無為に終わったのであろうか。「磁器製造起元」に「五彩焼付の法」の記録がある以上は誰かが踏襲したはずである。民吉の兄吉右衛門は、民吉の陶技を参考にする傍ら、京焼の師奥田頴川の門下となり、頴渓と号するほどの陶工であった。この頴川を通じて赤絵の手法を学んだことであろう。これは四代吉右衛門まで引き継がれた。

さらに言えば、民吉の身近にいた、その弟子、壊遷堂《そせんどう》治兵衛親子、真陶園平助、その組の絵師の亀井半二、治兵衛の弟子川本伊六などに、民吉との系譜がたどれるので、この一派の誰かに民吉の錦手の思いが引き継がれた可能性がある。

明治時代、加藤土師萌《はじめ》の登場によって、瀬戸の赤絵は大成を遂げた。瀬戸市西本町に明治三十三年に生まれた。小学校を卒業すると、土地の製陶業千峰園に陶画工見習として入った。ここで瀬戸陶器学校の教諭日野厚志に指導を受けた。昭和十年（一九三五）、中国に旅行、上海で、「中国芸術国際展覧会」の国内展示を見る機会に恵まれた。以後中国の明代、宋代の官窯などの陶磁器の端正、精緻、華麗を学んだ。

昭和十二年、パリ万国博覧会で、出品の「指描沢潟文大皿」が、河井寛次郎の「鉄辰砂草花丸文大壺」とともにグランプリを受賞した。後年には赤絵に手を染め、金彩と金襴手の豪華絢爛たる作品を多数創造した。敢えて言えば、民吉の隔世遺伝的とでも称すべきものであろう。ちなみに、土師萌は若い頃には、瀬戸村南新谷の白雲堂二代周兵衛窯に働いていたことがある。

明治三十八年（一九〇五）十一月十八日、陶祖加藤藤四郎春慶へ「正五位」が贈られた。さらに昭和二年（一九二七）九月二十九日、陶祖に永平寺北野元峰管長から「陶祖院殿慈兄春慶大居士」号が贈られた。

昭和三年四月三日、磁祖加藤民吉に総持寺杉本道山管長から「偉功院殿万岳光天大居士」号が贈られた。ついで同年十一月十日、昭和天皇のご即位の御大典に際し、「従五位」が追贈された。この時、元熱田奉行津金文左衛門にも「正五位」が贈られた。

この陶祖と磁祖の墓碑は、昭和二十八年（一九四三）、瀬戸の宝泉寺を菩提寺としてその門前に並んで建立された。四月二十一日、同寺にて永平寺貫主熊沢泰禅師を導師に、開眼供養が行われた。

昭和三十四年（一九五九）十月、瀬戸市は天草の本村の東向寺境内に加藤民吉の謝恩碑を建立した。

民吉翁之碑

瀬戸窯の中興は　民吉が東向寺の十五世天中をたずね　高浜・佐々村の皿山で研さんしたることにはじまる　瀬戸市の生んだ天中と民吉の徳をたたえ　謝恩の碑を建てる

一九五九の秋　瀬戸市町　加藤　章

昭和三十四年十月　瀬戸市　建之

瀬戸市長　加藤　章

市議会議長　加藤政雄

建設委員　加藤藤野　梅村　初　山内賢一　滝本知二

安藤政二郎　水野半次郎　島田由之助　賀来勇三

昭和二十五年（一九五〇）四月十日、佐々町の市の瀬窯跡は、所有者から買い上げられて「長崎県指定史跡」となった。

昭和三十六年（一九六一）四月二十二日、昭和天皇並びに皇后は、佐々町を行幸した。時の町長久家六蔵は私蔵していた民吉制作の「懐き柏向付皿」を天覧に供した。

昭和五十五年（一九八〇）、瀬戸の郷土史家で加藤民吉の修業記の解説書『民吉街道――瀬戸の磁祖・加藤民吉の足跡』を著した加藤庄三の遺志をついだ子息正高によって、佐々町の市の瀬焼窯の背後の山に「加藤民吉翁習業之地」と称する塔が建立された。除幕式は九月十四日である。

これは奇しくも、民吉の師匠福本仁左衛門の命日であった。

参考文献

有田町史編纂委員会編纂『有田町史　陶芸編』有田町、一九八七年
池田史郎編『皿山代官旧記覚書』皿山代官旧記覚書刊行会、一九六六年
今村家文書私家本写本「三川内焼物略記」
伊万里市郷土研究会編『鍋島藩窯とその周辺』芸文堂、一九八四年
伊万里市史編纂委員会編『伊万里市史　陶磁器編古伊万里』伊万里市、二〇〇二年
上田源作著／平田正範翻刻・執筆『上田宜珍日記　文化四年』天草町教育委員会、一九八九年
太田能寿著『陶説陶冶図説證解』大日本窯業協会、一九三八年
岡田譲ほか編『人間国宝シリーズ7　加藤土師萌　色絵磁器』講談社、一九八〇年
尾崎洵盛著『陶説注解』雄山閣、一九八一年
加藤庄三著／加藤正高編『民吉街道――瀬戸の磁祖・加藤民吉の足跡』東峰書房、一九八二年
加藤正高著『瀬戸物祭は雨になる――郷土の先哲をたどる』加藤正高、二〇〇四年
金田真一編著『欽古堂亀祐著陶器指南』里文出版、一九八四年
佐々町教育委員会編『佐々町郷土誌』佐々町、二〇〇四年
塩田力蔵著「瀬戸焼〔五〕」『陶器講座　3』雄山閣、一九七四年
須恵町歴史民俗資料館編『筑前の磁器須恵焼資料集』久我記念館、二〇〇三年
瀬戸市史編纂委員会編纂『瀬戸市史　陶磁史篇三』瀬戸市、一九六七年

瀬戸美術館企画・編集『瀬戸染付の全貌——世界を魅了したその技と美　磁祖「加藤民吉」』瀬戸市文化振興財団、二〇〇七年
鶴田文史編著『天草陶磁焼の歴史研究——苓州白いダイヤの巧』天草民報社、二〇〇五年
豊島政治編『三川内窯業沿革史』私家版、一九一一年
中島浩氣著『肥前陶磁史考』青潮社、一九八五年
永竹威著『永竹威陶芸論集　第二巻』五月書房、一九八四年
檜垣元吉監修『石城志』九州公論社、一九七七年
広渡正利編校訂『博多承天寺史　補遺』文献出版、一九九〇年
深野治＝文／岩崎健八郎＝写真『肥前皿山有田郷』泰流社、一九七八年
三川内地区生涯学習推進会編『三川内地区郷土史』三川内地区生涯学習推進会、一九九〇年
渡辺庫輔著『三川内焼窯元今村氏文書』親和銀行長崎支店、一九六九年
江浦久志著「古高浜焼色絵ついて」『あまくさ雑記　第4号』所載、同人会まじみ、一九九四年

示車右甫（じしゃ・ゆうほ）
1931（昭和６）年，福岡市に生まれる。
1950（昭和25）年，福岡市立博多工業高等学校卒業。
2004（平成16）年，東福岡信用組合退職。
【著書】
『断食者崩壊』（1967年，福岡市民芸術祭賞・小説部門の一席）
『天草回廊記』（上・下，文芸社，2006・08年）
『対馬往還記』（海鳥社，2009年）
『天草回廊記　志岐麟泉』（海鳥社，2010年）
『天草回廊記　隠れキリシタン』（海鳥社，2012年）
『廃仏毀釈異聞』（海鳥社，2014年）
『歴史探訪　天草興亡記』（海鳥社，2015年）

瀬戸焼磁祖《せとやきじそ》 加藤民吉《かとうたみきち》、天草《あまくさ》を往《い》く

❖

2015年5月10日　第1刷発行

❖

著　者　示車右甫
発行者　別府大悟
発行所　合同会社花乱社
〒810-0073 福岡市中央区舞鶴 1-6-13-405
電話 092(781)7550　FAX 092(781)7555
印刷・製本　大村印刷株式会社
[定価はカバーに表示]
ISBN978-4-905327-46-2